阮慶岳

一紙相思

好在這一切都是不真實的幻想，
否則就太可怕、太可怕了。

——七等生《譚郎的書信：獻給黛安娜女神》

目次

書簡 1

給亞茲別的一封信

忽然想要給你寫一封信，雖然不知道你是否能接收我的話語與訊息。或者就是這樣的不能自我明確，讓我終於決定要提起筆來，因為我其實也不知道我接下來的所有陳述，有多少會是事實的複述，又有多少是我自己夢話般的幻想鋪陳。

你去年突然離世的消息，低調地在報章刊出來，有如一顆沒有聲息的石頭，沉落入泛不起漣漪的池子，在眾人終於驚覺並想回頭探顧時，早已尋不到任何可見的石頭跡痕了。這樣維持著低調不想驚動任何人的作風，還包括隨後立即不公開地火化，並且由家人撒入大海的安排，確實就像是你一直選擇的隱遁者生命模式。

我也是在幾個月後的文學雜誌上，才閱讀到最後伴隨著你終去的你的小女兒，用顯得冷靜自抑與亦莊亦諧的口吻，描繪你臨終前在病房與家裡的模樣。我讀著心頭隱隱疼痛起來，彷彿我又活生生的見到你出現眼前，用你那總是高傲疏遠的自尊姿態，對死亡使者擺露出你慣習的輕蔑神色，也即是完全不願意承認自己已是病弱者那樣的固執姿態，顯露你對於活存的沒有絲毫眷戀與不捨。

我讀著：

父親生前曾叮囑我們，於他斷氣後兩日內不要移動。

我們最後一次見到彼此，大概已經是超過十五年前的事情了。從那時之後，我們其實都沒有意圖要去突破這個隱形的簾幕，彷彿有一種疲憊與不能再添加什麼互動的飽溢感，像止水筏那樣的分隔開兩端各自逕流不止的溪水。有一次在週末的午夜過後，我睡眠中被突然響起來的手機驚醒，是兩個和你正在安和路酒吧喝酒、我們共同朋友的突然來電，我完全可以感覺到你們當時已然高亢微醺的狀態，友人興致高昂的表示要我立刻奔赴過去。他說：

「我們都和他說清楚了，他說今晚大家可以一起喝酒，然後一切事情就都可以和過往一樣了。你現在快過來，我們都已經把事情說明清楚了，什麼問題都沒有了。你馬上……你就現在馬上過來吧！」

我委婉說明我其實已經入睡的事實，並據實告知我明日早晨還有授課的責任，友人繼續催促說服我，表示這可是千載難逢的機會：「你絕對不要輕易放手去這機會，畢竟這是我們好不容易才和他說通的。」我其實只是很想回去繼續睡眠，完全無法回應友人的盛情與興致，最後他們就讓你來直接電話和我說話，你的語音顯得冷靜清晰，完全沒有一夜喝酒後的亢奮或茫然。

你說：「我要告訴你一件事情，就是我並沒有做出過任何事情，會算是對不起你或是別的人，這一切我都沒有做錯什麼。」

你就反覆說著這樣的話語，我只能不斷應和回說當然當然，絕對就是這樣的沒有錯。然後，我再次敘述我明日早晨的授課責任，表示不如今夜就先到此為止，我們下週另外找時間，四人再一起來晚餐喝酒，明天起床後由我負責來約大家。隔日我再打電話給你，卻低聲冷靜地拒絕了我的晚餐安排，我當下其實並沒有任何失望的感覺，反而有種得以脫離了什麼承諾的輕鬆。

我還是會不時想像著你面臨死亡前的表情模樣，我知道你必然的平靜與淡然，然而不知怎麼的，關於這樣場景的想像，讓我同時間也想起來你母親臨終那夜的事情，或許是因為你們兩人離開時所共有的平靜與淡漠，讓我感覺得同樣襲來的訝異與神往。

那是尋常在我傍晚離開學校後，通常會先打電話告訴你晚點我要過來找你，我攜著路上先買好的湯麵，你就自己煮好一人的晚餐。然後，我和你盤坐客廳的木作平台，就著小矮桌子各自面對面吃食聊天，有時你還會啟開一瓶我或你的紅酒，一起助興度著輕鬆話語的夜晚。

但是那天的夜晚，我立即感覺到某種氣氛的詭譎，你一啟始就顯露出抑鬱不說話的奇異神情，以及格外輕緩無聲的動作，彷彿很怕驚擾了什麼透明隱形的另一人似的。終於，你告訴我母親已經搬住進來的事實，這是本來與你的姊妹一起住在鄰近的母親，說是大概已經不久人世，因此還是必須住進來你這裡，因為母親終究還是要在兒子家離開比較好。

「所以，母親現在已經在你家了?」我輕聲問著。

「是的。」

「在哪裡呢?」

「正在房間裡睡眠休息。」

「喔……喔。」

那夜，我感覺得空氣裡瀰漫著一層灰色的薄霧，讓所有的動作話語都停滯難以流動。我很快就決定離去，行去前我先去上了廁所，出來後掩門伸手按熄燈光，轉身注意到正對面臥室的門，啟開一道拳頭大小的細縫，我依稀感覺到在那個完全黝黑的空間裡，靠牆佇立一張孤伶伶的單人床，然後床前立著一個瘦小的黑影，用空洞的眼睛直直朝向我望過來。

我略略驚嚇地匆忙走開去，完全沒有對你敘述我眼見的景象。我一直知道你與母親特別濃重的感情，那是一種彷彿糾結著憐惜不捨與依戀愛慕的複雜關係。也因此，母親是你一生堅持奉行著不與任何人有牽絆的孤獨行旅中，最是讓你動懷回眸屢屢顧視的人，我幾乎相信她必然即是你生時最難於割捨與忘卻的生命體。

在開車回程的半途，我接到你的電話，用很平靜的聲音對我說，就是在我剛才離去後，你先去整理洗好碗盤，再進入房間看視母親，卻發覺她已經沒有呼吸了。

「她已經走了。」你說。

「啊……，」我開著車，不知道要接下去說什麼。

「沒有事，就只是讓你知道一下。」

我心裡忽然盤想著，要不要立即轉向開車回去找你，也許我可以幫上什麼忙。但是，我也立即知道這一切的沒有必要，因為你的哀傷一如你的脆弱，是絕對不會輕易顯現給這個世界看見的，你唯一能夠信任的只是你的書寫，那是你的暗室幽谷與懺悔間，是你與你那全然放心也敢於敞開心胸的不知名神明，長久以來相互吐蜜織網的處所，是從來無人得以被邀請進入的密穴。

我其實沒有真正見過你的母親，但她的影像在我認識你之前，似乎就已經盤據在我的腦裡，譬如你在你某本小說的序裡，這樣去描述的她。

我讀著：

就因為我的母親不是家學淵源的閨秀，而是霧峰鄉下一個蕉農的最小女兒，不幸遇上一個被時代疏離又早亡的人，生下了我們，負起了責任，而至今年邁猶不卸下這習以為常的辛苦的承擔。……她沒有見過大的世面和高尚的人在一起，她傳給我卑微的心，使我在這稍能思辨的年紀退居鄉陋，安於工作和過儉樸的生活。

我曾經親眼見識到你如何能讓自己的心靈脈動簡單清晰，以及讓生活得以規律儉樸，這與你所提及母親賦予你的卑微特質，完全地吻合一致。你其實就像一個窩居在山洞裡的隱者，甘心自得地過著獨居的生活，不想外求他者的任何好處恩惠，也蓄意選擇偏僻的山徑行走，以避免與他們的任何相遇。

我如今想起來，你內在意志這樣堅定也強大的生活節奏，本來就一定可以引你去到你一直嚮往的那個自由境界，也就是為自己在現實與理想的真假幻境間，建立起一個小小的庇護所。然而，我反而見你一直在現實的路途裡奔波跌倒，以及終於的節節敗退潰散，完全不像你總是給人的傲然堅強印象。

是的，你並沒如願地過起你意欲的生活，因此也一直沒有獲得你期待的真正自由。我覺得原因並不難尋，就是在於你所長久堅持嚮往的獨立與自由，恰恰與你內在也一直渴望近乎完美的愛情，屢屢生出現實裡的互斥矛盾。你常因此陷入一種擺盪徬徨狀態，一面飛蛾撲火地汲汲追求愛情的到臨，一面又依戀徘徊在現實的孤獨生活裡，因而必須手忙腳亂地處理著如何與所愛者互動共生的種種挑戰。

因為，你總是分不清楚你究竟是一頭獨行的豹，還是能與所愛者翩翩共舞的蝶，尤其你也總以為愛情就是自由的化身天使，是你得以贏取獨立與幸福的保護傘。所以，你的顛撲與絆倒於路途中，幾乎就是一種必然。

我也是在隔了快一年的現在，才開始有辦法比較清楚理性地去凝看你的生命。對我而言，我首先認識的自然是你的文學，然後我才逐漸認識了現實裡的你，我並不覺得二者有多麼巨大的差異，我只是詫異地發現那個彷彿能在文學宇宙裡，任性自在地遨翔雲霄的你，其實卻是在現實裡如此的困頓，以及，總是顯露出與這個世界難溝通的卑微與自傲。

我當年見到的是正要開始邁入老境的你，也是你終於覺得自己已經是義務盡了，不必再受制於任何道德與責任的制約，終於可以重回到你年輕時宿居生活的城市，再次像一個孤獨的自由靈魂那樣，自由自在地漂泊在你既是一度厭惡、也滿是懷念的繁華城市。我那時經常還會伴著你共行，見你帶著些許興奮期待的舞步，屢屢振翅屢屢迴旋，意想與這個城市重拾過往的浪漫激情。而在這樣的同個時間裡，卻會彷彿影像開始錯亂交織，我忽然就看見你一如我年輕時所閱讀過你小說中的那個亞茲別，以著背叛天使本就有的明麗耀目與孤獨絕決，義無反顧地直接自雲端躍向深淵般的人間。

是的，我們自來都熱愛天使的那般絕決姿樣，只是你那時已然顯露出老邁猶疑，而亞茲別卻是注定永遠年輕與不馴的，你們的心靈也許依舊能夠互通，然而身軀卻早已各自陌路，這或許是你和亞茲別都沒有料想到的狀態。

我讀著：

亞茲別走上一部開往小鎮的汽車，他的臉容刻板而嚴肅，兩顆憂煩恐懼的眼睛從玻璃窗注視著清早冷瘧的街道。這還是冬季，人們在霧靄中游動著，平板無奇的高樓還在酣睡中，與寬廣的街道成為一連的灰色。

彼時，亞茲別以著無法真正身屬也不想介入的局外人姿態，獨自穿梭在這個灰濛濛的城市中，他完全甘心地吞嚥著自己的寂寞，從中消化醞釀出來某種自己獨有的汁液，傲然地驚豔著城市裡的許多人。然而，亞茲別卻不曾感受到快樂，因為他一直企盼著愛情的降臨與滋潤，他明白這完全不是他的孤傲與不馴，可以去拒絕與抗衡的神祕力量。

亞茲別在荒蕪失顧的花園裡穿梭尋找綻放的愛情花朵，終於尋見一株玫瑰花的顯露，立刻全心付出他的護衛與關愛。然而，長久以來生活起居有如隱遁者的亞茲別，發覺他其實並不懂得如何對玫瑰傾訴內在語言，也不懂得如何恰適去照護玫瑰花。於是，每回看似即將對他綻放的玫瑰，竟又屢屢迅速消失謝去，讓亞茲別再次陷入灰霧的深淵。

我讀著：

> 海風越過木麻黃防風林的樹梢直抵山嶺。他在那些雜亂的坟塚之間轉來轉去。

你的女兒在雜誌刊出的文章裡，選擇毫不迴避去直視描述你離走前的舉止心情，完全像是你從不懼怕用自己真實也醜陋的肉身，來面對世界的姿樣。而你這樣有如對決者的姿態，應是你從幼小年歲就自己鍛鍊起來，那是一個過於纖細敏感的瘦弱男孩，維持自己存在自尊的僅有方法，就是堅硬頑固地拒絕一切的憐憫與施捨。我也清楚看到你甚至到了最後離去的那一刻，依舊佝僂著一如你幼時同樣不屈服的身形，不許任何人可以撼動改變你離去的最後骨骸模樣。

我從來沒有和你談過死亡這樣的議題，但我見過你面對老友離去時，如何理性自抑的哀傷態度，我也暗自揣想過當你死去時，我究竟應該如何去感受作反應，甚至想像著我是否也要如你般肅穆而冷靜。但是我們後來的各自人生實在相隔太遙遠也太疏離，我已經感受不到你死亡事實的確實發生，對我而言，你似乎還是一如過往那樣以著薄如灰霧的存在者腳步，繼續飄流行走在我思維的細縫與角落裡。

我試著再次閱讀你女兒對你死前的描述，讓自己可以進入到那個魔幻的時空裡，就像是你母親離去那夜一樣，扮演一個尷尬難堪也手足無措的旁觀者。

我不知道你現在還能看得見我這樣匿身的觀看嗎？我知道你可能會催促我立即離去，因為你並不希望你的死亡過程，會被人這樣赤裸裸地旁觀著的吧？依照你的行事風格，這樣的任何他者的情緒表達，任何躊躇關懷的眷戀眼神，必然都會被你迅速的拒絕。

但是，我堅持睜眼繼續看下去你女兒對你死時的詳細點滴敘述，因我知道你終於還是必須暴露自我身軀如初生嬰兒，並且無法再去防禦恐懼地架起你的高牆堡壘了。

我繼續反覆地讀著：

晚上覺得他的樣子很奇怪，剛甦醒時，下巴顫抖無法自由開合，有一種機器剛啟動，運轉不順的感覺，好一會兒才磨合正常，眼球表層附著了一層薄膜，符合我最近看的一篇關於臨終過程的文章裡描述的情景，我問他眼睛是否看不見了？他點點頭，於是我眼淚像開了水龍頭一樣噴出來，父親說：「你最近怎麼常常在哭？」

花園的盡頭

小說 2

我此刻所以能安靜地坐在這裡，並意圖書寫出以下的所有文字，全部肇始於醫院給我的那幾個斷斷續續的錄影片段。是的，就是那日初曚亮時，他出乎所有人意料外地離開了他留居一個多月的加護病房，至於他是如何去解開那些纏繞穿刺著身體各處的針管儀器，並穿上我刻意置放掛在牆上的衣服，還能夠避開所有醫護人員的耳目，就以著他向來一派輕鬆、甚至心魂正愉悅飄動遠方何處的神色，信步走出去這個醫院的龐大院區，到現在依舊無法被所有人明白理解。

而且，我早已不再相信他還能再次地從病榻上睜開眼睛，重新用過往那種單純無邪的神情，看望著我以及這個世界。那些我蓄意懸吊在牆上他的衣服，可說是我用來安慰我自己的虛假擺置，畢竟在經過各樣回合的手術與會診後，他始終像是一具不能表達出任何可否主張的死屍，任他們搬進搬出挪移處置，就只是持續以光潔的頭顱與蠟白閉目的表情，回應這世界強加給他的一切救助意志，表達他完完全全拒絕去做出任何反響的姿態。

當然，我也早已從醫師們的神色與耳語姿態裡，見出一種宣告絕望的迴旋聲響，他們甚至無法說出一個疾病名稱來安慰我，也不敢回答我究竟何時能夠再次醒來的哀乞問話。只是繼續以各種奇怪的機器與點滴，像綑綁著什麼祕密困境似的，這樣無時不刻層層團團地繞著他，彷彿他終將逐漸成為這些機器與設備的一部分，甚至等待著某一日他就無蹤地溶入其中消失去。

或者，正就是早已見出這樣最後的結局，他才決定要獨自走離出去醫院。在此之前，我雖然已經感知到所有撞壁絕望的訊息，依舊是堅持日日去到這個據說已屬尖端完備醫院的加護病房，並在他的耳畔反覆朗讀與播放我們皆所愛的里爾克詩篇與一些舊時熟悉的搖滾樂曲，有幾次我的確見到他的眼皮輕輕地跳動了起來，尤其是當我一提到天使這個字眼的時候，我感覺到我們的心跳竟同時敲打起來，宛如音樂節拍的相互應和，讓我忽然想起來過往相約等待時，期盼彼此出現的緊張心情。

我讀著：

他們都有倦困的嘴

明亮的靈魂沒有細縫，
而渴望（一如犯罪）
時常走入他們的夢中。

他們幾乎全部相像；
沉默於上帝的花園，
好像無數的間隙
分裂於祂的權力與旋律之間。

只有展開翅膀時
他們搧起一陣旋風：
有如上帝以雕刻家
巨大的手掌翻動著
原初黑色書的冊頁。

即令是這樣輕微的反應，也讓我知道他依舊還是相信著天使的必會降臨，甚至促使我堅持在牆壁上掛出他平日喜愛的完整衣裝，並且貼出來他過往帥氣照片的原因。也就是說，除了我想告知所有日日出入的醫護人員，他曾經如何的健康完整與帥氣迷人外，我另外隱而不說的真正私己原因，是我其實也害怕偶而經過的天使，可能會在這樣倉促的時空穿越間，忽然識不出此刻的他究竟是誰，甚至因而錯過了他長久的期待與等候。

醫院提供的最後一小段錄像影片，是他當天從側門走離去的背影，那確實正就是他一向兀自堅挺的削瘦身影，筆挺直視著前方什麼去處的大步跨走著。我自然完全知道他心思想要走去的地方，因為那必就是我們兩人共居在山邊的那個窄小屋宇，而他所以急著一心想歸去探望的，應該尤其就是他最是鍾愛與久違的小花園，那是他入院前總是徘徊流連的處所。

我於是也依循著這條我們都極其熟悉的平日開車必經路徑，自己反覆照樣徒步走了無數次，包括走入那個略略上坡的隧道，呼吸著穿梭來去汽車所排放出來的汙穢空氣，以及走過我們都喜歡的那家麵包店，然後看見晨昏必會群聚許多運動者和散步者的人工湖，再走入臨靠山坡邊的我們的家。我所以要反覆這樣做，自然是希望自己能在這條路徑的某個角落或哪裡，忽然就看見什麼他所遺留的蛛絲馬跡，因此我也同時沿路懇求那些裝設有戶外錄像設備的店家與大廈，讓我能夠調閱那日晨間的所有影像檔案。

「可以拜託讓我借看一下監視器的錄影帶嗎？就是這個週二上午大約九點左右。因為我的家人突然走失了，他應該那時有走過這裡的。」

我拿出影印成傳單的照片，並且問說：

「不知道你們有見過這個人嗎？」

「年紀看起來還不算太老，我以為是失智的老人家呢？」

「不是，還不是老人家，就是我的伴侶啊。」

「喔……那根本還不算老啊，怎麼會走失的呢？」

然而，他就這樣離奇的自己消失去了，什麼跡痕也看不見、什麼證據也都找不到，也沒有人知道為什麼一切會如此發生。一名年輕的醫師私下善意對我說：「這件事情確實很離奇，但是……其實從我們醫護的角度來看，也算是不難明白的。」

「真的是這樣的嗎？那……究竟是為什麼呢？」我問著。

「就是長期留在加護病房裡的病患，尤其像他這種可能是被什麼不明病毒侵入腦內的患者，在經過長時間的昏迷，以及在封閉式環境進行的重複性醫療行為後，身心都容易產生出某些隱性的影響。其中最常見的症狀，是因為處在長久照明的恆亮室內，漸漸地就會失去感知時間的概念，甚至造成當下時空與過往記憶的混亂，另外有時在麻醉及手術後，內在積累的精神壓力，也會引起各種幻覺與錯亂。」

「可是，他為何又會忽然醒來了呢？」

「病毒對他腦子的破壞，既是迅速也動機不明，會這樣忽然的來，當然也可能會忽然就離去，所以這樣自己又醒過來，並不是不可能。只是，他未必能回復成過去你所熟悉的他了，也就是說，他的腦子可能已經造成殘缺或是破壞重組，有些事情或許他還記得，有些事情可能就都完全忘記了。」

事實上，影片顯示出在離開醫院前，他還去到地下室的便利商店，在等待他購買的咖啡時，也有和櫃台店員輕鬆地說著話。那店員說還記得他先是自言自語地說著話，甚至主動敘述起他幼時如何曾經在自己的家門口，出了嚴重的意外車禍，並因此造成這個隱藏的腦部傷殘，以及影響他到現在都還無法克服的口吃症狀。我聽了十分詫異，因為我從來沒有聽他說起過這樣車禍的事情，更不知他曾經有任何口吃的問題，後來我也小心地再次詢問他的家人，他們都堅決地說並沒有這樣的車禍發生過，甚至懷疑店員根本記錯了人。

我最後還是當面再次去詢問了店員：

「那他跟你說話時，真的有口吃的現象嗎？」

「有啊，很明顯的啊！」

「你真的確定嗎？」

「我記得很清楚啊，就是他講話時那樣用力想擠出下一個字句，臉部因此完全曲扭起來的神情啊！」

「是嗎？怎麼會這樣的呢？那……那他當時的心情怎樣？」

「什麼意思？」

「就是他當時顯得開心嗎？還是會有點沮喪什麼的呢？」

「他很開心的啊，就像一個快樂到幾乎帶著亢奮情緒，好像正準備要出門去哪裡旅行的小孩，那樣的開心雀躍著啊！」

「啊，他真的很開心的嗎？他真的……他真的會是這樣的啊？」

至於，我所以到現在還沒有放棄這一切尋找追索的原因，是我知道他必會走回去他所愛的這個花園，因為不管這個世界發生了什麼危機或災難，他必然還是會與他心愛的花園相依為伴。他完全知道他的花園在哪裡，他也知道那座花園需要他，一如他也完全需要這座花園，這是他為何必須離開病房與醫院的真正原因，因為他與花園是不可分離的，他們必須要相聯結合在一起。

他在住院的一個多月前，開始會反覆對我講起花園裡，藏隱著一個什麼的盡頭的事情，我只是當作他又有一個奇異想法的萌生腦中。他說那裡其實有個隱匿的神祕開口：「而且，現在終於要對我顯現出來了。」我就應付著用喉嚨裡咕嚕嚕的聲音作應答，他知道我並沒有真正相信他的說法，立刻顯露出沮喪的神情。我只能安慰著說：「好吧，……好吧！那改天麻煩你來帶我去看看那個神祕入口吧！」他就立刻精神勃發起來，對我說：「好啊。而且，如果你真的願意的話，我還可以帶你進入到那個入口，我們可以一起走進去那個最美好的花園裡呢。」

「可是……最美好的花園是什麼呢？還有，……那個入口最後會通到哪裡去呢？」

「就是可以進入到山間的神祕森林。然後，……最美好的花園，就會出現在那裡的啊。」

「森林不是一直就是在那裡的嗎？而且……我們不是已經有了自己的花園了嗎？那……這個入口的出現，是有特別要做其他什麼用處的嗎？」

「入口究竟為了什麼而存在，我其實也還不知道。但是，我已經可以感覺到森林那頭的呼喚，所以我們必須要動身了。還是，我可以自己先進去看看，以後再回來帶你一起去，你覺得這樣好嗎？」

「好啊，……好啊！」

如今看來，這一切顯得虛幻的對話，其實都像是某種徵兆與訊號，暗示著後來所有發生事情的必然。尤其在經歷了這一切離奇的醫病變化後，我已無法再判斷所有現實的事務，究竟何者正確何者錯誤，每件事似乎都暗藏著什麼我尚且不能明白的旨意，我也只能虛心懵懂地扮演一個無語的聆聽者。

就讓我從頭對你開始敘述這一切的點滴過程吧：

就譬如，那一日我如常在黃昏下班返回到家時，他忽然用顯得詭譎的神色望著我，說：

「你知道嗎？我終於找到那個裂縫，那個一直偷偷地在撕裂蔓延我們家的牆壁的那個裂縫了。」

「……什麼裂縫啊？」我一邊脫著早該重新刷亮的灰濛濛皮鞋，一邊故意用顯得漫不經心的語氣問著。

「就是我不是有一直在告訴你，那個一定藏在我們家的哪裡，一直在破壞著我們這一切幸福的裂縫啊！」

我把鞋子安靜地放入鞋櫃裡，什麼話都不想說。再次立起來關起櫃子時，又聞到那熟悉難聞的陳腐鞋子味道，就轉話說：

「對了，這個週末我一定要清一清鞋櫃，這味道太讓人受不了了啊！」

「嗯，好啊好啊。那麼，那麼你……你要不要我現在帶你去看一下嗎？」他繼續說著。

「看什麼啊？」

「就是我跟你說的那個裂縫啊！」

「喔，那個啊，……好啊，當然好啊！」

「但是……但是，你必須要跟著我一起去到花園喔，要從那裡才能夠看得清楚啊！」

「去到花園？……現在？」

「是的，就是現在。」

「可是天都黯下去了，可以先在屋裡看看就好嗎？」

「一定要這樣嗎？好吧……先這樣也好啊！」

我知道他自某日起就忽然開始重複地夢見一個日日增大茁壯的神祕裂縫，像一頭活生生的追捕機器一樣，在夢裡尾隨著四處奔逃躲藏的他。我本來覺得這就是個平常的惡夢，過些日子自然會消逝無影去的，可是卻居然並沒有如此消失，反而益發壯大與兇惡起來，屢屢夜半讓他汗水淋漓的嘶嚷起來。終於，只能和他去到醫院掛號精神科，心底暗自希望可以透過抒解或吃藥，徹底解決這個開始纏繞兩人日常生活的惡夢。

但是，當然一切的醫療藥物，都在某種他意志的抗拒下，完全無效地終於棄置。幸好，此時他忽然就相信起這個特殊的夢境，其實即是現實蓄意要發送給他的某種預告，而且完全是一個帶著善意的訊息，根本不用去懼怕、也不用回拒。也因此，他開始以著沉默與隱身的姿態，認真檢視著我們兩人長久共居的這個屋宇四處，以及翻看著座落在屋子後方這個小小三角形花園，立意一定要找出來那個藏身花園某處的裂縫與入口。

對於他這樣態度的堅定與執著，我雖然有些直覺反應的擔心不安，然而，他似乎因此能不再受到惡夢的驚恐脅迫，終於能日日顯得勃發地四處搜視所有家中的角落與細節，恍如終於破殼般從惡夢中脫離開來，也讓我有了鬆口氣的舒緩感覺。

他引我來到面對花園的客廳落地拉門旁，也就是角落的落地拉簾正後面，先用手撈起厚重的老舊布簾，指著靠近上方天花板有些泛黃的部位，對我說：「看見了嗎？……你看見了嗎？對啊，就在那裡，……就在那裡啊！」

我並沒有看見什麼裂縫，只好繼續瞇著眼睛，假裝認真搜看的問說：「有嗎有嗎，……是真的有嗎？但是……你說的裂縫，究竟在哪裡呢？」

終於，在他手指的引導下，我見到柱梁相接轉角的壁面上，有幾條游絲般的細線條，像是從眼角自然蔓延出來的魚尾紋，不動聲色地布灑在白色粉刷的混凝土牆上方的角落裡。

「那不過就只是幾個細紋啊？」我用安慰著什麼的語氣說著。

「當然。一開始當然就只是細紋，但是一定會愈長愈大的，就像是我夢裡見到一模一樣的情境啊！」

「一定會這樣嗎？」

「當然，一定會的。」他堅定地看著我，又補充說：「因為，這一切發生的事情，我在夢裡都見過的啊！」

「那……那我改天找人來修補一下裂縫好了？」

「不用，並不用的。」

「為什麼？你不是會擔心嗎？」

「我確實會擔心，但其實也有點期待啊！」

「期待什麼？」

「期待裂縫有一天會變成一條路徑的入口。」

「……什麼？」

「就是入口啊！」

「裂縫會變成入口？這怎麼有可能，難道是說這個小裂縫和可以走進去的入口，其實會是沒有什麼差別的同一個東西嗎？」

「當然，可以就是沒有差別的，裂縫就是入口的啟始啊，這你要相信我。就是，很簡單的講，就是……當你覺得自己是局外人時，那這當然就只是一道裂縫啊，到你不再覺得自己是局外人，並且相信這一切時，那就是入口了，一切就是這樣簡單的啊！」

然後，他用顯得不盡然期待我能相信的眼神望著我，又重複地說了一次：「你一定要相信我，裂縫有一天終於會變成路徑的入口，這一切……一定終於會是這樣的。……你還是不願意相信我嗎？可是，我這麼愛你，……你一定要相信我啊。」

有一天我忽然又想起來這件事情，就獨自走入後院的花園，從外面觀察並尋找他所敘述的那個裂縫。但是，儘管我怎樣在飽滿的陽光下反覆搜看，就是見不出有任何他宣稱的裂縫存在那個外牆上面。我開始思索著他所說關於裂縫與入口的話語，忽然轉身凝看向那個一直頂恃著龐然山坡、由許多圓卵石堆砌而成的擋土坡崁，似乎開始見到一個線條狀的裂縫，在擋土牆的正中心位置，逐漸蔓長擴大成一個橢圓形的入口，宛如電影情節一樣的，露出一個隱隱有著光亮的什麼隧道入口，友善地向我招呼歡迎走入進去。

我當時像是得了熱病一樣，全身冒著冷汗，頭眼開始覺得暈眩起來，幾乎是自己攀爬攙扶著回入屋裡。我日後並沒有對任何人說起這件事情，因為連我自己也不能判斷這樣發生在眼前一切的究竟真實與虛假。

我後來還是會一人回去到那個後院的三角形花園，尤其是在他這樣突然的失蹤，終於被警方宣告為失蹤人口的正式立案，所有人也開始忘記這一切離奇的事情，確實曾經在這裡發生過之後。然而，所以我依舊會不自主的反覆回來這裡，真正的原因其實我也說不上來，好像就只是這樣如同過往般立在院子的長廊下，就彷彿還能望見到他獨自在花園裡，以若有所思的神情，反覆遲疑地來回走著，並同時小心栽種料理著一株株花草的模樣。並且，這時我彷彿就能感覺到那樣兩人一度擁有與期待著的美好生活時刻，似乎因此又獎賞般地再次降臨下來。

「你愛我嗎？……你真的愛我嗎？」有幾次在清晨一醒來，他就對著還是迷濛半睡半夢中的我，問著這樣離奇的話語。

「啊，什麼……你說什麼？……愛你嗎，我當然愛你啊！」

「你愛我嗎？……你真的愛我嗎？」他以不知是否是說著夢話般的神情，繼續直視著天花板的反覆呢喃著。

「你是說……愛你嗎？我……我當然愛你啊！」

「那你為什麼要離開我？」

「我並沒有要離開你，我也永遠不會離開你的。」

我急切辯解說明著，同時望向籠罩在初初照入進來晨光下他的臉龐，並且聽見已然又迅速沉睡去，已經發出來他的沉沉鼾聲。

這座偏靠在城市東面邊緣、已經臨靠山區的獨立房子，後來因為一直沒有能夠順利租出去，漸漸露出某種傾圮頹敗的氣味，其間也有房仲主動上門表示要代理銷售，初始都被我突兀絕決地拒絕掉，後來竟然就開始傳出各種奇怪的流言，譬如說關於他其實是在這個花園裡，莫名離奇消失掉的神祕事故，以及屋子確實是逐日傾圮歪斜中的事實，最終竟無人再來聞問這屋子的買賣可能。然而，無人看顧的這個後花園，卻奇異妖嬈地蔓長著各種不知名的花草，完全不去理會這個屋子裡，究竟有無人來人去的蹤跡，或是為何因緣會聚集召喚來這樣各種傳言流語，只是彷如在堅持著什麼自己的棋盤布置，一路生機勃勃地自在開落繼續滋長。

當然，這個完全隱身在後院的陰影裡，從外面幾乎難以看見的所謂花園，其實根本只是被兩道水泥坡崁一起夾圍出來的三角形院落，因為後頭就是擋立起來、而且密布著雜草林木的山坡，前面又被我們的屋子遮蔽去了大半時間的日照，陽光只有在短暫的清晨時光，可以夾縫似地照射入來，讓這有如畸零地三角院子裡的花草，彷彿日日只能祈求什麼日光的恩惠般地，從來就長得片段辛苦也崎嶇。

如今，卻忽然可以奇異地無視陽光的短缺無足，自己蓬發茂盛地欣欣成長起來，並且像是在預兆著什麼神祕話語似的，在某一日就忽然讓我能夠發覺與明白，原來這個後院已然悄悄地成了無人知曉的一座神祕花園，一座只能存在於現實與虛構之間的花園，一座唯有我與他能獨自進入與流連的花園。

我可能必須再次敘述一下他突然發病那日，所有前後發生來的點滴過程，讓你可以清楚明白整件事情的來龍去脈。那其實就只是在一個沒有任何異常的夏日黃昏，我正在廚房裡煮食我們的晚餐，一邊探頭出去看望在花園裡工作的他，見他一如往常一樣蹲在那棵大菩提樹下，不知究竟是正在摘折可睡前泡來喝飲的薄荷草葉，還是在修剪他心愛玫瑰花的敗壞枝葉，總之就只是安靜如常地顯露出專注欣喜的平日模樣。

我大聲呼喚提醒他晚餐就要好了，可以入來準備進食了，他立刻回頭笑著看我，並用總是顯得靦腆和感謝的表情，對我揮著手示意他聽到了。晚餐時，我注意到他明顯的失卻食慾，問他為何會如此，是否哪裡不舒服呢？他說可能是在院子工作太久，沒有留意到傍晚的暑氣還是很毒，有可能不小心中了暑，也許就多喝點水休息一下，應該一會兒就會好起來。

我想起他其實已經述說幾次，最近他在花園蹲踞久了，突然立起時會覺得暈眩的症狀，開始有些不安的預感。接近午夜的時候，我發覺他不尋常的翻轉不安，然後整個人發著高燒，開始胡亂說著話，立刻開車送他去到醫院急診。醫師並無法立刻判別原因，決定讓他先打點滴吃退燒藥，說先觀察一下再看看狀況。我在被簾布圍繞起來的簡易病床邊，一直握著他燙熱的手，等待著什麼答案或訊息的發生；大約兩個鐘頭後，他的高燒離奇退去，人終於清醒過來，問我為何他現在人在這裡，可以回家去睡覺嗎？醫師找不出發燒昏迷的原因，也看不出有任何立即危險異狀，就讓我們一起回家去，他也立刻安靜自己躺回到床上睡眠。

在那個夜晚的不安睡夢裡，我一直感覺到花園的草叢暗影裡，有一雙躲在陰影裡的眼睛，遠遠窺視著床上的我們。我警覺地伸展出雙手，想要護衛一旁的他，卻忽然發覺他此時已經有如一片白色透明紙片，任人宰割般脆弱地攤露著自己的肢體一切，獻祭品一樣擺出無辜的優美姿勢，彷彿宣告抗拒一切現實的沒有必要，以及平靜迎接將臨旅程的無語順從。

我驚醒過來時，聽見後院傳來不熟悉的尖銳鳥鳴，彷彿通報什麼不祥徵兆的來臨。此時，他一如夢中一樣躺在我的身邊，顯得蒼白、透明與平靜，我就試著去喚醒他，想要與他說話，發覺他只是冰冷地沉睡在自己的世界裡，從此就沒有再回應我的任何呼喚與話語。

之後，就是他住入加護病房，並反覆出入各種手術室，開始進行各種各樣我已經弄不清楚究竟是手術或是檢驗的過程。也是在這樣日日的反覆過程裡，我一天天看著他躺在這個白熾明亮的空間裡，逐漸覺得他愈來愈像是一個與我完全不相干的陌生人。有時我甚至會驚慌起來，完全不確定我究竟人在哪裡，我也不知道他究竟現在人在哪裡，我會倉促地衝到吊掛在牆上他的衣服前面，一邊用力嗅聞著這個我曾經多麼熟悉的氣味，一邊專注凝看著貼在牆上的他的照片，告訴我自己說：他還是存在這裡，他並沒有消失去。

其他大半的時間，我只能無助地坐在病床邊，看著愈來愈覺得陌生的他，清楚意識著他將與我日漸離異成為陌生人的事實。彷彿看著心愛也熟悉的那個雲朵，必然地逐漸飄遠消失去，只能讓自己繼續落入不知所措的狀態裡。

有一次，我忽然想起來他曾經對我說過的話。

他這樣說著：「你知道嗎，我有時會覺得自己就是一個多餘的人呢？」

「多餘的人？……這是什麼意思？聽起來像是什麼關於存在主義哲學家的奇怪的話語。」

「就是像一個永遠介入不了、只能一旁觀看著事情發展的人。」

「你只是一直比較內向害羞而已，並不是真的介入不了。還有，你也不要去胡亂想太多了，這只會耗弱你的精神和體力的。」

他聽著我的話，只看向院子的深處，沒有回應我的說話。

現在，我忽然又想起來他說這些話的神情，他那彷彿知曉一切事情，必將如此發生來，但是又無法介入與改變的無奈神情，好像既是想要向我預告出來這一切後來的必然經過，又必須忍著獨自吞嚥在腹腔裡的猶豫難受。現在重新想來，那根本就是一道長時無形存在的巨大鴻溝，一直遠遠把我們隔離在完全聽不見對方真實聲音的兩個彼岸上。

也就是說，他一直明白他就是被這世界認知的一個多餘的人，因此他必然是最後要選擇遠離開這一切的注定結局。那我也是一個多餘的人嗎？他會希望我也像他一樣，成為一個有如局外人那樣的多餘的人嗎？我可以被他邀請加入他後來決定去留駐下來的那個世界嗎？還有，我真的已經準備好了，可以成為一個像他一樣多餘的人了嗎？

我經常會蹲在花園的草叢前面，那是他最慣常停留的位置，像他一樣凝看被卵石堆砌起來的堅硬山壁，期待著像他過往所敘述一樣，能夠再次親眼看見裂縫的出現，並且能看著裂縫慢慢地像一朵花那樣優美地舒張開來，終於現身成為一個真正邀請我入內的路徑入口。

但是，這一切並沒有發生，什麼都沒有發生來。好像同時是有誰在清楚地告訴我：你才是那個被摒棄與遺留在無人花園裡，那個永遠永遠會被世界遺忘的多餘的人。

然後，我就無聲地哭泣起來。

於是，從某一天起我發覺自己不可避免過起了像你一樣的生活。也就是從你消失出醫院的加護病房，我開始依循著你可能行走的路徑，一步一步地尋找一切你可能遺留下來的蛛絲馬跡後，我也在我們生活的屋子裡，重複著唯你會行為的奇異舉止，譬如你帶著潔癖清理收拾一切事物、並堅持每一個物件擺放方式的習性，以及你極度固執偏食、甚至幾乎排斥正常進食的慣性，還有不分日夜不斷走入花園，在裡頭流連徘徊自言自語的動作。

我看著自己重複著你過往的日常舉止，譬如看著自己從衣櫃裡反覆拿出你的衣物，硬生生地套上明顯過大的我的身體，感覺衣服壓迫著我的肢幹軀體與呼吸節奏，雖然完全不舒服卻仍不願意脫下衣服。我逐漸有如重度上癮的什麼疾病者，看著自己竟然一點一點地、成為一個自己其實害怕變成的你的模樣，我甚至開始感覺得到這個房子的龜裂事實，預感到整個屋子的終於必然崩落，以及我必須在這一切都變成廢墟之前，找到你所說的那個入口，像你一樣順利走進去，並尋找到那個神祕的美好境地。

我不可免要回想起我們之間曾經發生的許多事情，帶著些許懊惱與懺悔的情緒，以為記憶必可因認錯而倒轉回來，讓我得以像唸錯台詞的舞台劇演員，在隔日的演出有機會重新更正回來。是的，我想起來我總是易發的暴怒情緒，我對你帶著侮辱壓迫的叫囂嘶吼，以及我拒絕對我們所共同的幸福期待，付出任何真正現實的承諾。是的，我這樣反覆的過錯重犯，以及同樣反覆地祈求你的原諒，根本像一台從來發不出任何聲響的留聲機，一次又一次在我們的生活中反覆迴旋播放著。

我本來堅定認為你的膽怯軟弱性格，都是肇因於你幼年時家庭的不安情緒與不當教養，以及你青少年自我放逐叛逆的可怕生活，甚至與你剛成年就急切尋求愛情歸宿的莽撞有關。但是，我也漸漸思考起來，究竟在你我這後來共居的生命過程裡，我究竟是一直在扮演一個拯救者、或是一個落井沉石的危害者呢？

你的懼怕尤其會顯現在你夜間的睡眠裡，這從你不斷在床上翻轉著身軀的舉動，以及久久不願熄去床頭燈火、並堅持用手機觀看你童年熱愛的那些卡通影集，並不斷發出哈哈哈哈的宏大笑聲，還有你總是會聽得見一些極其細瑣的聲音，從什麼奇怪角落發聲出來，並堅持要起床去察看明白。甚至，你在終於歷經困難的睡著以後，還不斷被各樣的惡夢驚醒過來，這同時會伴隨著你其間的肢體拳打腳踢，彷彿每一夜都要面對著什麼全新的征戰與重重的考驗。

我對於這一切其實完全束手無策，我所有蓄意的安撫陪伴，也顯現不出來任何實際的效用。後來，我就是靜靜地在一旁看著書，讓你感覺我心智與身體一直清醒相伴著你，並沒有離你遠去或獨自進入睡夢裡。

有一天，你忽然問起我正在閱讀的是什麼：

「你一直在讀著的是什麼書啊？」

「就是那個我從年輕就特別鍾愛的小說家啊！」

「他不是一直被認為奇異難解，甚至還有人說他必然有著什麼心理疾病的怪人。就是一個不被大家接受的奇怪的人，不是嗎？」

「是啊。不過他應該已經很習慣被別人這樣看待了吧！」

「那你覺得他是真的有什麼隱藏的心理疾病嗎？」

「我並不知道。但是，我其實一點也不在乎這個的。」

「為什麼？」

「我覺得他本來就是會被社會拿來棄嫌他，以及必然會被指稱暗示的什麼疾病，後來其實卻正是成就他創作小說的能量來源。也就是說，他也忽然明白這二者間的奇妙因果關係，好像他藉此找到了進入神祕森林的密道，從此這個所謂的疾病詛咒，就成了一個特別的祝福了呢！」

「真的會有這樣的事情嗎？」

「當然，是真的會有的。我就是親眼看見他如何跌進別人掘出來的坑穴，而且，最後他竟在那個坑穴裡，發現了他私密寶藏的入口呢！」

「我很想知道他是如何能做到這樣的，你可以告訴我嗎？」

「好啊，我可以介紹他的小說給你看……」

「我無意去閱讀他的小說，我只想聽你自己來說明。就是你可以告訴我，為什麼一個人的苦難疾病，最後卻可以成為他終於被他人讚賞的原因呢？」

「我好像知道你在說什麼了，但是我也不清楚答案為何呢！」

「為什麼？」

「我真的也不清楚。就是好像我現在的狀況，雖然正是面對著這樣一大團混亂的思緒，卻不知自己究竟是在對誰說話，以及應該要對誰訴說才好，那樣忽然自我混亂起來的感覺啊！」

「你可以想像你其實正在和他說話的啊！」

「但是我完全不知道他現在人究竟在哪裡。」

「那也許你可以寫信給他，書信是永遠不會消失的，有一天他也許終於會看到的。」

「現在這樣的網路年代，寫信還會有用嗎？」

「當然有用的啊，書信畢竟就是書信，並不能被網路替代的。然後，也許你可以再把你寫好的信，每晚一一讀給我聽好嗎？」

「你真的想聽嗎？」

「是的。」

「好吧，那我就試著給他寫信，並且每晚都把這些寫好的信，一封一封地唸給你聽？」

「太棒了，我們就這樣約定。謝謝你！」

是的，我覺得我其實很想寫信給你，因為我有很多話還沒有來得及對你說出口，我希望你能夠聽到我心內的話語。而且，我也想偷偷地告訴你，其實我早已經開始進行這私密信件的書寫，因為我一直希望能在我們每晚的入眠前，親自閱讀給他來聽。尤其，當我對著你這樣說話時，會特別讓我想起來他曾經存在的過往事實，我也盼望藉由你這樣的聆聽，讓我們的對話永不終止，並且得以藉此不害怕地與他相擁平安入眠去。

書簡 3

荊棘冠冕與白薔薇

有時我覺得已然十分瞭解你，有時又驚覺對你如此的陌生遠離。在我全然嚮往崇拜著你的文學時，透過反覆熟悉的閱讀，感覺自己已經能深深進入你那引人爭論的特殊風格，也就是慣常將日常現實與內在思想相互交織的小說裡，因而自以為能明白你在其間徘徊的苦痛與掙扎，以及意圖尋找一條自我出路，卻又總是深陷泥沼難以自拔的處境。

後來，我們有機會比較密切的來往，我得以就近的藉由交談或觀看，感知到你真實血肉的日常行走，也明白你總是習慣把世界隔離遠去，並且堅持不願吐露任何內在苦衷的行事風格，開始發覺到你一直在豎立高聳如城堡的外牆，謹慎地不讓任何的外界事務，輕易侵入你個人領域的向來作法。

我有時會忽然驚覺，在你如此嚴謹與小心的態度下，我其實根本並不全然懂得你的內心思慮所在。甚至會不免去想著，你是何時開始意識到現實的不可依恃，因而選擇要與現實維持這樣適切的距離，以用來維護你私心更是珍惜的內在世界的呢？是因為你的個人命運與性格從來不易，使得現實一直有如一紙薄透惡意的謊言嗎？或者，現實自身本就是謊言的鏡照化身，你也早早就視穿這個魔術般欺人的把戲了呢？

儘管這個世界一直用各種怪異的方式，來解讀你這樣時常顯得不近人情、固執去應對外界好意的模式，甚至，給你冠上各種類同背德者的形容詞，彷彿若不將你的身軀與雙手雙腳，一起釘上那本是為負罪者設置的十字架，並為你戴起那道荊棘的冠冕，就不能化解他們積累的憤怒與怨氣。

我一直覺得那個滿布荊棘的冠冕，或是因為它總會讓我想起來薔薇樹籬上璀璨的朵朵白花，以及不時見到在你柔軟的額頭血肉，彷彿穿刺出來一顆一顆黯紅飽滿的血液，因而顯得如此奇異的華美與聖潔。這同時讓我恍然覺得自己有如正列身於群聚密閉天主教堂裡的那個小孩，一邊漫不經心默默觀看著顯得華麗動人心弦的彌撒儀式進行，一邊告訴自己這根本是一場虛假的戲劇表演，卻又不由自主地無由感傷流著眼淚，不能停止從內在湧現的感動情緒。

是的，就是那樣任由喜悅與悲傷、聖潔與創痛的同時湧現，並總是必然要悲喜交織並存的難名所以。

依據《聖經》的敘述，這個荊棘冠冕是由戲弄羞辱基督的羅馬士兵，強行給耶穌戴上的，以嘲諷他這個「猶太人的君王」。在《馬太福音》原文記載著：「又用荊棘編成冠冕，戴在他的頭上，把一根蘆葦放在他的右手，跪在他面前譏笑他說：『猶太人的王萬歲！』」

他們害怕耶穌真的終於會成為人世間的王，以為處死示眾並唾棄嘲弄他，就不必再有任何擔憂了。但他們所不能理解的，是耶穌從來無意在人間為王，而且他也是羅馬皇帝與軍士們，並無能力判決或處死的，以及這樣事實的其實並無人可以更改。據說那個被後人留存下來的荊棘冠冕，在十字軍東征的漫長苦難以後，就一直保存在巴黎的聖母院，直到前幾年聖母院忽然發生大火，才臨時被轉藏到羅浮宮裡。

我想起來我曾經與你的小兒子聊天，聽他說他與兩個兄姊私下提到你時，都會用「那個羅馬人」來稱呼你。原因是他自幼年起，就察覺你與他人父親的奇異不同，這包括你憂愁少語的行事姿態，你每日工作返家吃食後，就會一人鎖在後面房間，不知書寫著什麼的習性，都讓他覺得詭異不解。有一日，電視長片播放著古羅馬軍隊的故事，他看著那些裝扮顯得華美奇異，行事舉止卻又全然詭譎難明的羅馬人，忽然意識到一件事，就是原來你是和我們從來就完全不相同的人，你根本就是電視裡的那些古羅馬人，並不是我們這樣正常的人，於是決定私下就這樣稱呼你。

我後來用開玩笑的方式，告訴你這件事情，你顯得詫異卻只是微微笑著，完全沒有絲毫在意的模樣。我也曾經問過你，為何你將最小的兒子，取名如此特別的保羅，就是借用了這個被稱為「外邦人的使徒」傳道人的名字，你是否是想與《聖經》的啟示，在做什麼致敬與呼應呢？你同樣只是點點頭，不願意再去多做任何的說明。

我知道你對歐陸的文明脈絡，一直心懷某種崇敬態度，也認真閱讀從希臘羅馬、文藝復興、啟蒙運動，乃至於包括近代的存在哲學，與這一切思路相關的書籍，一心希望自己融入與吸取到這股澎湃思想的養分，藉以脫離掉身處的假冠冕滿布的周遭環境。你極有意識地要求自己從理解歐陸哲學的脈絡啟始，卻也逐漸明白基督教神學在其中所扮演隱性主幹的重要性，因而好奇地也稍微涉入這個你完全不熟悉的宗教思想世界，並選擇以直接對於《聖經》的閱讀，作為你叩門啟窗的路徑，即令這與你已然鍛鍊成形的理性思維，有著在本質上迥然相異的互斥個性，你還是以敬畏的心情，認真對《聖經》作著學習。

我曾經興致勃勃地想要約你一起去旅遊歐洲，我想像你必然對那塊承傳著燦爛西方文明的土地，有著各樣的憧憬與幻想，就像是一個自覺長久困在沙漠裡的人，對於傳說中不知名的遠方綠洲與水源地，那種必然存有的渴慕與嚮往吧。而我自以為因為我有著曾經去過幾次的經驗，以及能為你擔任起翻譯導覽的職務，正可以讓這趟旅程有趣也圓滿。

但是你的回應冷淡，只是禮貌的點頭微笑，見不出任何同樣的興奮情緒。現在隔了二十多年回顧，我逐漸明白你興致寡然的原因，一則是你其實從來就不喜愛去到陌生遠處旅遊，也不以為那些所謂的美景奇觀，會對你更是珍惜的內在生命，產生什麼實質的裨益。另外，你那時經濟情況逐漸緊張，你所依賴為生的微薄每月退休金，即令在你簡約生活的控制下，也已經顯出即將透支的窘狀，要像這樣大費周章的旅行，自然不是你那時容易安排的一筆費用。

我當時也面臨自己事務所的財務危機，事實上隨後就迅速地終結掉經營的狀況。然而想像與你同行歐洲，一起看美術館的經典繪畫，一起走過各段時期的文明遺址，隨意找一家小酒館坐飲聊天，談論我們對時空中穿流來去人物的各樣看法，其實是我一初始最覺得嚮往與開心的想像。

我們後來就不再提起這件旅遊的事情，畢竟這比較像是我個人一廂情願的天真想法。我們只是繼續流連在熟悉的台北小酒吧，用豪氣但是簡約的方式，開心暢意地行過這裡的夜晚。你偶爾也會一人自己去飲酒，與那幾位我本來就熟悉的吧台聊天，我想像起來那樣的場景，雖然你的說話完全真摯一如朋友，但是，你其實從來不吐露自己的內在憂喜，你只是對於吧台後面忙碌的這幾位年輕女子，有著某種奇特的關愛與憐惜。

有一次，你甚至突然掏出了一個黑色的玉鐲，說要送給因為入夜後的人潮即將湧入，而正忙碌準備的那位吧台，她在你顯得全然誠懇的堅持下，驚訝地收了下來。並且日後對我掏示出來，敘述你那日的行為過程，並請我代她歸還給你，因為她完全不知道你這樣的用意是什麼，也不明白如果她收下這玉鐲，又是否代表了什麼對你的暗示意涵。

我早已多次聽你說起過對於這吧台女子的美好印象，你不斷讚美她那略帶冷漠的容貌型態，說根本與古希臘的女神全然接近。你說：「你看她鼻梁和額頭的線條，根本和那些古希臘的女神一模一樣啊！」我有些詫異你對一位他人會覺得看似平凡女子的投射觀看，竟然能與那麼高遠聖潔的古希臘畫像或雕塑，如此自然無瑕地結合一處。我後來並沒有對女子解釋什麼，只告訴她可以安心收下手鐲不必擔心，你根本沒有任何的居心與用意，因為你心中來去懷想的，只是對那遙遠古希臘女神的仰慕與奉獻心意。

那種對遙遠文明的膜拜懷想，對於神話敘事中諸多女神的無盡仰慕，似乎能為早年就極度失望於現實環境，竟然如是荒旱不文明的你，提供出一個得以庇護著你心靈的孤島。也可以說，你其實一直居住在這樣一個自我的島嶼上，你無意驚動他人、更是不想被他人來干擾。因此，即令是面對著你最是親密的所愛者與家人，你儘管願意也有責任藉由肢體的勞動付出，表達出來你內在的關愛感情，然而你注視他們的目光，卻總像是隔著一片水域，有如一隻佇立在自我孤島的候鳥，那樣觀看著永遠無法真正相互觸及的彼岸，因此所謂的思念與關愛，也從來讓人斷續難測。

然而，這樣總是隨著現實起伏的各樣必然羈絆，最讓你不斷迴繞擔憂的，其實還是對於你的創作的可能危害。你對於現實的回報企求，包括獎項與名聲的獲取，關於生活是否能奢華舒適，早都已經十分的淡漠無心，甚至，你對於所有帶有著可以榮耀受訪者意味的採訪評論，更是有著失望的倦怠感。你唯一還相信的最後檢驗，是自己作品能否長久流傳，並經得起時間與歷史的審視，這才是真正繼續鞭策你前行的荊棘冠冕與十字架。

我感覺你的小說寫作狀態，從來不是著力於情節起伏的鋪陳，而是透過你所見所感的日常事件，將你心中雲霧來去的思維感知，輕快也一氣呵成的揮灑捕捉下來。那種極度流暢與直觀的特質，會讓我想到你日後的畫作，或是你以毛筆寫信時的平常自如狀態，是一種存乎於醞釀與捕捉間的必然關係。那其實也是一種類同於獵人與自己一手豢養大的獵鷹間，長久存在的某種快速而精準的默契與互信關係，也就是在目光、意念與獵物之間，只是有閃雷即逝的瞬間交織，然後即是那筆直飛掠的一道光影路徑。

有時，我會想著冠冕與犧牲的關係，也就是在這樣的二者之間，原本看似極端兩極的二元差異，其實彼此之間卻存有著絲縷般的微妙關係。這忽然讓我想起來一件事，就是我在一次去到中美洲的一個印地安古老帝國遺址時，專注聆聽著導覽者說明其中一座古老奇異的球場，他同時解釋著球賽規則與祭祀的關係，說是獲得比賽勝利一方的隊長，賽後必須被光榮血祭，因為馬雅人相信能在祭台上作為犧牲的人，靈魂因此必然得以順利昇天，而且那些漫流四處的鮮血，將會化作熾熱的陽光，再度返回來普照大地。

但是，或許為了減低這樣在活體獻祭過程的感官痛苦，同時是期待著這些滿懷光榮感的犧牲者，能在儀式上作出更是瘋狂引人的表演，祭司有時會讓被揀選來作為獻祭品的這些犧牲者，預先去服用一些所謂的宗教致幻劑。據說一旦服用了這些摻雜著多種草藥與植物的藥水，就會使得服用者逐漸產生一種昇華感覺，以為自己已經得以與神同在同行，甚至可以與神直接作交流溝通，或者就是感覺到自己已經全然自由地身處於某種神與人之間的奇異狀態裡。

那時僅是單純作為一名遊客的我，自然對這件事實的一切陳述詫異不已，日後也試圖將甘心對於神明作出自我犧牲，這樣對信仰者並不算罕見的舉動，放回在人間的榮光與羞辱間，反覆地重作對照與衡量。我不知道你會覺得自己可以算是時代與社會的一名犧牲者嗎？以及，你會因為自己成了這樣必然就是特殊稀有的一位被揀選者，而感覺到某種昇華與離世的驕傲感嗎？或者，正是因為你從來不相信任何神明的真實存在，因此你的一切犧牲與所謂獻祭成果，終將淪落為沒有對象可作傾訴的虛無飄盪狀態嗎？所以，在你如今已然去往的那一個世界裡，因為並沒有任何神明的真正存在與眷顧，因此也沒有任何榮耀他者的光芒，得以庇護與籠罩每一個犧牲者了嗎？

其實，我也一直感覺得到你的孤獨與恐懼。你所以決定選擇獨行的路徑，是你不願加入你不能認同的外面世界。然而，也因為你的獨立繞行，因此招來不安波濤的意圖沉溺你，而你一直堅持在這樣的波濤裡沉浮，絕對不輕易吐露你的艱苦與恐懼。你最後所以決定棄離你所愛的文學創作場域，隱匿般地生活在彷如無人知曉的荒島裡，或者你是以為這樣的自我消逝，可為你建構起一塊最後的庇護所。

我其實就是在這樣的狀態下，接觸到你已然規律儉樸的平淡生活。尤其，你那時雖然已淡離去文學，卻仍舊以著平靜與耐心的心情，殷殷鼓勵我的創作步伐，而我一邊雀躍鼓舞地前行，一邊回首詢問你為何如此遠離這一切，以及或許應當要認真再書寫一部完整長篇小說，隱隱有著責怪你不當倦怠的態度。那時的你，就只是微笑不說什麼，沒有解釋也沒有任何辯駁。

現在我漸漸懂得你的心情，你是已然從沙場離開而疲憊歸返的人，你自然全然知道自己所以創作的勇氣與廝殺，終究的意義與價值是什麼。但是，你也因此理解這個所處世界的難以違逆，就譬如你從年輕一啟始寫作，就堅定篤信文學與個體的內在靈魂間，有著命運般必然的連結關係，也經常宿命般與周遭世界格格不入。也就是說，你一直知道作為寫作者與文學自身，在面對著龐大的時代與社會時，其實有著存活在現實裡的必然沉浮與脆弱。你雖然相信文學對文明的巨大意義，但是，你對於文學意圖奮身廝殺入現實世界的使命，卻是從來就有著諸多懷疑與不安。你並不相信社會所不斷鼓勵前往的某種群體性，你相信文學必然終於要始自於個人，而其挑戰目標以及意義所在，則是在面對一切時空的人類個體時，所能激盪起來的真正內在對話。

我現在閱讀你年輕時以著滿懷寫作熱情所創作的作品，依舊還是被你那麼堅定的寫作信念所震撼。好像當周遭世界都正共同漂流入一條滾滾黃沙的波濤巨流時，你卻沉著地獨自攀爬上了河岸，並朝向著你清楚見到那條稀少人影的狹窄小路，自信自覺也心懷期待地獨自邁步前行。你能夠這樣轉身並背離眾人的勇氣，固然讓人覺得佩服讚賞，然而，這自然也注定了你必將一世踽踽獨行的宿命。

你的文學幾乎都是從你白身的平淡生命河流裡，透過思索篩瀝出來的點點沙金，你絲毫不在意與時代去向逆反行走，反而慶幸自己得以尋到無人探問的幽徑。尤其，當他們大聲地宣稱與鼓勵要去刻劃一個所謂「時代的典型人物」，也就是藉由創造一個集合各方期待的現實英雄，藉此來拯救時代悲慘命運時，你卻僅僅繼續觀看自己每日所遇到的殘缺小事件，專注埋首將這些日常事件，所能引發的個人思索，逐步也耐心地書寫出來，並拼湊積累出你心靈中的那幅巨大迷宮地圖。

你的執著恰恰注定了你的寂寞，你也求仁得仁地接受這就是成為被揀選者的必然宿命。由於你對於生活的期望十分精鍊也簡約，也樂於過著一人自理的獨立生活，對於他者他物都沒有過多企求，因此不會輕易被名利因素所誘惑。在我那時看來，你幾乎已經決定放棄了在你生存的時空環境裡，尋求外在社會理解與肯定的願望，轉而相信只能經由書寫與出版的完成，才是具體可以真正依賴的事實，至於一切的價值與意義何在，都交由未來的讀者去認定。

然而，你的寂寞並沒有因此化解，你依舊有著如同他人一樣的血肉軀體，即令有著長久的理性與自制訓練，還是不能化解掉你內在對於感情滋潤的自然需求。你知道你可以一人活著一世，你知道你可以無求於任何人，也無視他者的話語臉色，全然自尊自主地過著你的生命。然而，同時對於能夠脫離掉現實的外在枷鎖，因而顯現出最純然愛情的企盼，也一直深深地埋藏在你的心底，隨著月圓月缺地悄悄啃噬著你的心靈。

你並不如你外表顯露的堅強與無情，你的羞澀與驕傲的本質，同時阻止了你意想的感情表達。這才是你最後遺存與環繞的寂寞，也就是你始終無法完整吞嚥或徹底棄置的那根肋骨，是你在前行與回眸間的猶豫所在。你的書寫只能攤露出你每次期待愛情時刻的奔騰起伏，你卻從來不願寫下當你面對愛情逝去的真正落寞痛苦。

因此，正就是你執著的本性，成就了你後來的寂寞命運。由是，隨著南風每次吹拂而起的愛情，並沒有催化出你的內在花朵盛開，反而屢屢成了你期盼等待後的最大遺憾。你像是那個渴切希望能夠得到糖果獎賞的小孩，卻在糖果每次終於臨靠近身時，忽然就忘記如何呼喊糖果的名字，只能熱淚盈眶地望著糖果因此再次消失去。

你對愛情的殷切期盼，讓我想到你對母親的無盡懷想，那是夾雜在孺慕、關愛與疼惜間的複雜情感，是一種對於自以為可以永久存有的美好時光，發覺卻是已經難以召喚也無可彌補的遺憾。那其實是一個無底的深淵，現實的一切果實都難以填補，即令是獻出最聖潔的愛情作為虔誠犧牲，也是無法填平彌補的記憶黑洞。

書簡 4

一紙相思

我後來會回去翻看你的書寫，出乎我意料之外的，最能引發我共鳴與讚賞的書籍，竟然是我之前並沒有特別去在意，書名副標是獻給黛安娜女神的系列書信集。這是你在短暫邂逅了一名女子後，因為對方隨即返回紐約求學，你和對方許下一個承諾，表示要在分開的未來一年裡：「我希望隨時給你寫信，就像你在我的身邊，我可隨時對你說幾句想到的話；有如我們生活在一起，我要將生活的一切都告訴你。」

這是你將屆四十歲的時候，也是在你最為在意的十冊過往創作的小全集，順利有如懷胎十月嬰兒般誕生面世，讓你終於鬆了一口氣，覺得了卻一個重要工作目標。然而，你的人生同時陷入焦躁與困頓的狀態，你愈來愈不能忍受在現實生活裡，總是用來羈困你的各種責任與義務，也就是為了必須養家維生，而要求你去「扮演社群的一份子」。於是，你期待著另外有一個與你能心靈相通的人，可以出現來並解救你，攜手與你共同離開這一切煩人的現實，一起邁入自由也自在的生命境地。

而且，你說這個人：「是直接涉入我生命體的，與我同樣思想和享受生命的熱情，互相關愛也一起憂患共甘苦。」

你迅速認定這一位才短暫邂逅的女子，即是你長久等待的解救者。在這本日後公開出版的第一封信裡，你先是敘述自己潮湧不歇的思念與意念，表示「這些思潮是我從未有過」，但是，又立刻補述著：「有時我反省著這種熱情，到底是我的天性，還是創作生活的孤寂？」隨即在同一封信內，隔了三日後的日記表述書寫裡，又立刻告白般地宣示著你願意奉獻出自我一切的熱烈意志，並給予這位女子近乎女神般的歌頌。

我讀著：

我最親愛的，假如你願意領受我對你的稱呼，我敬重你是因為你是一個純潔的少女，像我久遠前的戀人，像愛倫坡詩中的安娜貝爾・李，如果你有默契，我同樣以最純淨的愛意對你，我可以將你的存在視為我愛的象徵，我要以此告訴我內心去膜拜，把我最苦的心志奉獻給你，只要你能使我從厄困的精神中解脫出來，使我能日日洗清被染蓋和自生的汙穢。

你似乎飢渴地想棄絕你當下的現實生活，害怕日日沉溺包裹在這些世俗的層層汙穢裡，終於會使你愈來愈遠離你嚮往的生命本質狀態。你說：「我是一個最需懺悔的人，矛盾的心和不潔的生活都需要梳理。……我的內心多麼嚮往單純的精神，不應繼續過凡世的混雜生活。」

然而，就在這樣透過日記式記錄的書信過程，並且亢奮地等待女子回信，近乎激情滿溢的精神狀態下，你忽然作了一個讓你全然意外的夢。在夢裡出現了一個女子，卻不是你朝思暮想的遠方女子，而是多年前交往過「修瘦端莊」的另一位女子，而且當時對方的長兄還上門前來興師問罪，因為「他事實上是對我整個人格看不起的；就因為我在家庭中顯示了我個人中心的愛好和性向而讓他看出來了，他無法容忍我和他的妹妹的親密而整個對我的一切加以痛誹。」

這一段過往不快經驗的忽然重新入夢，似乎就在預告著你們兩人這趟關係的未來忐忑旅程，可能將會遭遇到同樣的阻撓，因為「我的獨特性格是和我們的社會觀感相抵觸的。」也就是說，你的心裡已然清楚知道，即令你有著想要決然斷離掉此刻一切生活的意志，並與這女子重啟未來人生，整個社會並不會伸手協助與支持你的。

我讀著：

我在夢中的意識瀰漫著苦惱和不快，在清醒時一直追問為什麼？夢中為何是她不是你？我不惜在此窮究底因，一層一層解開我內心隱藏的黑幕；關於她和關於你可以做個比較，現在和過去可以做個辨明；我在那過往的事件中和現在的渴念情況中是否依然還是同一個人？整個問題是我對女性的永不斷絕的渴慕與企求，時間是事物變換的催促者。

你這樣地一面從內心裡呼喚著一位愛情女神的降臨，一面卻又對自己帶著自慚形穢以及信心散失的審視，彷彿獨自反覆咀嚼著什麼必臨來的不幸預感，你說：「總之，我們的命運處於陰晦和矛盾，其渺茫猶如吹過森林的晚風，只能察覺而不能撫觸，黑夜眼看就要來臨了，如果你是一隻徬徨的小獸，可能驚逃而去。」

你的自信與自卑一直奇異地連結在一起，讓你經常像是一隻雙頭的怪物，不斷擺盪在自尊與自卑的歧路上，使得你與他人往來互動的行徑，總是在某種堅持決斷與猶豫徘徊間往返交織，也因此尤其會特別讓人覺得殊異難以理解。然而，你內在最不可以觸動的部分，應該還是對你自來血肉跡痕的自卑，任何有心或是無意的踐踏，你通常會迅速回應以高傲的轉身離去，尤其在我這樣的一路看來，其實這就是宣告永遠難以再呼喚回頭的姿態，是你接近斷然閉門的絕情訊號。

這種忽明忽暗的自我懷疑，有時也會以一種類同想祈求原諒什麼的軟弱者姿態，在你明明已然敢於與世界為敵的對決時刻，有時就讓人驚異難明的現身出來。譬如，在你第二封信的一啟始，你就忽然轉用哀嘆著什麼的語氣，自己想像對方可能已經存有對你懷抱離棄的什麼負面反應。

我讀著：

我想問，你看到我的信會覺得負擔很重嗎？我是否太瑣碎？你明白我寫信的方法嗎？最後你懂得我對你的準備嗎？我把你視為一個親近的意象，你容許我的表白嗎？對意象的本身而言，它有如神明不害怕壞人或好人來膜拜。

並且，在這第二封信的後半段，突然敘述了在你先前的不安預感裡，那個存在你家庭中巨大暴風雨的果然顯現。但是，我並不想要立即就提起這件撲襲你生命的巨大事件，因為某個程度上，我甚至覺得這就是一個埋藏已久的惡意地雷，也一直在等待著可以爆發的時間點，至於你所宣稱的突發與意外，其實只是理所當然的必然結果，也就是說，完全不令人意外地，你終於引爆了這個地雷。

我於是想起來你也十分佩服讚賞的《神曲》，那個活在約一千年前的但丁，在他花了十餘年寫成的這首長篇詩作裡，就從第一部曲《地獄篇》的頭三行，他就是以一位中年生命迷途者的處境，來開啟他浩瀚驚人的連綿敘述：

我在人生旅程的半途醒轉，

發覺置身一個黑林裡面，
林中正確的道路消失中斷。

我不可免地就把你想像成但丁筆下的那個迷途者，我似乎能見到你與但丁一樣面對與思考的內在掙扎困惑。然而，但丁接著這樣去描述這位已然迷途、因此只能選擇繼續向前的人：

像個逃亡求生的人，喘著氣，
從大海脫得身來，一到岸邊
就回顧，看浪濤如何險惡凌厲；
我的神魂，在繼續竄遁間，
也轉向後面，再次回望那通路，
那從未放過任何生靈的天險。

面對這樣歷險的力量，也是由於一心期待《神曲》裡女神般的貝緹麗彩，終能現身來引領遊歷天堂，甚至最後得以見到上帝的面容。同樣地，你也迅速地標誌出你所愛慕女子類同的聖性救贖地位，幾乎有些強加給對方冠冕地宣稱她其實「有如神明不害怕壞人或好人來膜拜。」但是，你意圖去到天堂的行走路徑，卻顯得如此短暫而急促，你並沒有想要等候《神曲》裡智慧長者維吉爾沿途伴隨的搭救引導，因此可以一步步牽引穿越地獄坑谷，並終於共同攀登上煉獄山，你只是急切地想要能夠攜著在終點等待你的貝緹麗彩的手，直接飛昇穿越過一層層的諸天，好讓自己的所有資質與意志，可以迴轉熔鑄成一件完整的最後作品。

你在信中所急切表述的情感，以及如此地目的昭張也毫無耐心，確實可能會讓所有的女子，都要有些卻步與憂心。畢竟，你們這樣短暫的邂逅與激情，於你或許是久旱的荒漠甘泉，於她則可能僅是對你孺慕景仰的情感衍伸，而你喃喃暗示將一起轉身背離一切人世，重起屬於你們兩人的新生活，也未免急速嚇人有如夏日午後的襲人暴雨，任何人都應該是難以用理性去安置與接受的，更何況你早是已婚也有子女的男人，又與她有著不小的歲數差距。

你真正想迴避開的或許不只是你的家庭與責任，而更是整個社會顯現出來令你失望的文明狀態，所以你信中說著：「我不喜外出的原因不只是氣候或交通的不便，使我對外出感到厭煩的是雜亂和醜惡的世象，……許久以來我就期盼能在山區或僻靜的地方有一居室，目前我當然做不到，希望十年（五十歲）後能夠遠離人群索居，但一切都如此遙遠和渺茫，只有耐心的等待罷。」

但是，你也忽然開始思考起這些信函的意義，就是除了作為愛情的表白與聯繫，是否也存在著其他的可能與目的，譬如獨立作為文學作品留存的可能。我想你已然見到你有著亟想攤露內在自我的強烈慾望，也感覺到自己願意以著誠實與坦白的感情，作出私密日記般勤奮書寫的決心，你自然知道這就是文學即將誕生的訊號，你似乎已經開始嗅聞得到「最真實的意象能夠展布於每一個章節和段落」的可能。

此時，你們未來愛情的如何萌發與究竟結果，在與文學可能藉此將誕生的比較下，忽然顯得沒有之前那般急迫與勢在必得了。你彷彿找到了讓自己舒吐一口氣的空間，有如可以獨自地坐在遠處的屋廊下，用比較輕鬆自在的不相干心情，觀看兩人這樣的情感互動關係，也因此能夠平靜寫下顯得從容、也無得無失般的曖昧優美語句。

我讀著：

> 我對你的愛戀是隱祕的，因為還沒有完成，我會把它保藏在最不為人知的處所，就像一粒種子埋在深土中，當時間到來時，我會等候著你回來將它啟開，將它認可，將它擁抱受胎而發芽成長，成為一不可否認的事實。任何的愛戀都是神祕而黑暗的，還不能被納入定義中，而且只受神的指使和安排，它是宇宙間未成為球體的星雲，醞釀和瀰漫在被安排的某一角隅，它的命運不是導入正果就是消散而毫無跡影。所以親愛的，我們不能期待它也不能不期待，一旦你否定或摧毀它時，它就沒有事實可尋，留下的只是有如編撰的文學作品罷了。

然而，就在你這樣優美冷靜表述的六天後，你的妻子竟然把這個「保藏在最不為人知的處所」，原本靜靜等待受胎發芽的種子，直接挖掘與攤露出來了。你在沉默了幾天後，寫下：「五天已經去了；就在五天前爆發的風暴我想將帶給我至深的影響，恐怕會由這趨向更深的孤獨。……你給我的信和照片，還有我為你寫的日記全部她都知道了。」

你的妻子因而離家去，兩邊的親人明顯都認為過錯在你，不斷婉勸你應該親去台北接她回家，你完全沒有退讓道歉的意思，堅持認為「現在的問題根本不是忍讓或不忍讓的問題，事體已經顯露著不能相容的情況，忍讓不是圓滿解決的辦法，而是要有勇氣決定留捨才是辦法，已經不是對錯的問題，而是面對抉擇和承擔的問題。」

最後，你連夜寫了一封信，「希望她能以養育子女為重，讓我有一點隱私權來從事志趣上的事」，交給特地由台北趕下來規勸你的大姊，請她回台北時轉交給你的妻子。事情終於平息過去，但婚姻的裂痕已然無法收拾，你在信裡回顧自己的這段婚姻，露出徹底絕望的態度，甚至表示：「我非常悔恨並不深愛她而和她結婚，今天的苦痛都是魯莽的熱情造成的結果。」

我讀著：

我和她的婚姻說來是很悲慘的，長期的僵局總不能獲得解決，我和她都已經到了瀕臨絕境的邊緣；她一直不肯寬諒我對我自己的生命的處置，不肯讓我的精神獲得舒解，使我在我的良知上安排我的情感生活。

你原本深深依賴的遠方愛情支撐，此時也完全顯得破碎無力，無法提供你心靈或現實上的任何安慰。你清楚意識到自己的孤立無援，明白原本想要私下作經營的情感空間，此刻已經被碾壓無形。你甚至無心對遠方的她再作傾訴，只寫著：「……只要我個人的災難過去之後，心裡平靜下來時，我才能完全對你傾訴內衷的情意，否則一切都歸屬於幻想。你能明瞭嗎？你能不受這事的騷擾嗎？你能忍耐和等候嗎？你能諒解我的憂患而保持初衷嗎？」

你的妻子要求你與她完全斷絕關係，以來成全你的家庭圓滿與和諧，你卻知道這一切其實都太遲了，「雖然我們可以理智地絕斷，也無法挽回我和她之間恩恩怨怨的種種混雜的感情。」你重新認知到自己對幸福期待的再一次撲空，也明白你又一次陷入自己挖掘出來的泥沼坑穴，因此你在這樣熱情書寫了僅僅四十多天日記般的書信後，就已然在第三封信的結尾，像是完全回到過往冷靜理智的你，冷眼般地過著灰霧的人生。

我讀著：

我曾告訴你，準備繼續寫一年，直到你學業結束為止；那時你會面臨另一生活的抉擇，你是否回來和我相會，或繼續另一階段的學業，總會在那時決定，我也預計在那時將日記告一段落。因為已經有了開始，我希望我們都以誠摯的真情往前努力。

你確實謹守承諾地繼續這日記／書信的最後完成，但是這同時間，我也感覺到你內在熱情的滅熄，你似乎努力維持著一種精神性的微溫，甚至將對方轉化成類同女神般的精神形象，自己也逐漸以老成穩重的話語姿態，重新調整出來你們灰燼已現的感情狀態。所以，你後面接續的幾封書信，就迅速掉落入一種索然的氣味裡，書寫的目的也明顯從愛情的呢喃，轉為純然文學的自我表達，或是日常單調生活的記錄，而書信的想像中的讀者對象，也不僅僅是針對你的內在靈魂與愛慕的女神，而是潛藏著的更廣大陌生讀者群。

我覺得被收錄的這九封書信的初衷與完整性，其實到你突然陷入家庭狂亂風暴後，就幾乎已經算是切斷也結束了。你一啟始時所顯露澎發燃燒的愛情，在這個災難般的家務過程裡，幾乎完全地被澆熄掩滅，你忽然又可以理智清晰的看見世事的來去，並且又再次讓自己在現實的各樣波濤中，冷漠小心地維持住類同局外人的自我平衡。

但是，你並沒有徹底放棄所謂的愛情，那是你生命爐火裡的薪柴，你依舊企盼著某位女神的降臨與顯現。即令你正是身處在那最是狂亂風暴的正中央，你依舊透過你書寫的歌頌，表露你對那永恆愛情的渴慕與信仰。

我讀著：

你總能想及紀德在地糧裡呼叫的奈待奈藹，且由這個名字牽引出來的萬絲的情感罷？你是我心中盼望獲得卻不能到達的愛，因為你純潔的青春如何來收拾和治癒我破碎離散的心呢？你和我的默契都是一種幻想，我們如何憑著「愛」通過重重關頭呢？想到這些不令人心灰意懶嗎？你的身處之地離我如此遙遠，我不能擁吻你獲得憩息和滋補，我在打擊和操勞中將逐漸地頹喪而衰敗；當你能夠趕來而將你的青春的美貌真真實實地出現在我的眼前時，我已無力站穩將雙臂展開來摟抱你了。

這是我覺得你最令人心碎的自我結語，然而從日記／書信的啟始書寫算來，僅僅才是進行了三十多天而已。但是，你最後還是堅持地完成了這樣一整年的書寫承諾，在出版書籍的最後一封信裡，你這樣寫著：「我還存留著去美國見你的狂想，這種不切實際的想像就是我的特質，也像是我存在的真實，但這一切並不與你有肯定的關係，只是我喜愛漂泊和浮游的一種意願而已。」

你隨後在聲譽正隆的這個時刻，突然宣告暫時停筆撰寫小說，震驚了不明所以的文學界。隔年你一人搬到鎮外的坪頂山畔居住，並且兩年後就去到美國擔任訪問作家，一切都依照著你真實的心性與願望進行，不管外在他者如何的隨著現實迅速變化與遠去。然而，你其實鮮少提起你在美國那段時光的事情，我感覺你的那趟長久期盼的美國行，終於以充滿失望的感受告終，也許是因為對那個國度的美好想像，某個程度的幻滅破碎，也有可能更是「我還存留著去美國見你的狂想」，也遭逢到現實的驗證與逆阻。

你當然也去到她當時居住的紐約，但你從來不提起你們是否相遇的情節，彷彿你只是去完成一個你對自己許過的承諾。你那時也寫了一篇名為〈連體〉的小說，描述你去到紐約的行程，遇見到更是讓你震驚也敬佩、那位經由跳船成為非法移民者的台灣藝術家，你似乎在他黯啞的身體與行為上，看見了自己一向存有的內在願望的真實實踐。

你是這樣寫著：「他完全像獸一樣單獨地關閉在方形的籠子裡，人們從四面八方都能赤裸裸看見他彷彿敗喪而躺著的模樣。人們不明瞭他為何如此，覺得他既可憐又可鄙。……也就是這樣：不看書報消息、不說話、不聽音樂、不寫字，不痛苦不快樂，完全無為地存在著。」

更驚人地，是你甚至發現他與一個陌生女子所進行的「一年」創作計畫，竟然就像是在隱喻著你與這女子的關係，他的計畫是：「我們將在一起絕不單獨分離；／當我們在室內，我們將在同時間中在同空間裡；／我們將用八尺的繩在腰部綁牢在一起；／我們將絕不觸犯對方在這一年間。」

你似乎在這位藝術家的身上，見到了什麼暗隱的啟示，讓你重思這樣他以一年堅持意志的自我付出行為，其中所可能蘊藏的空無與意義。我讀著你寫的這篇小說：「他們一起出門，一起回到屋子；初先他們非常引人注意，看到他們的連體模樣會引發些遐思與想像；日子久了，他們的形體會逐漸隱沒消失在這浮幻的歷史大城的角隅，但他們的事蹟會傳述下去，永遠留在人類的記憶中。」

是的，你們這樣一年透過書信的相互寄情，其實已經更像是某種形而上的共同創作了。而且在我現在看來，你自從與女子短暫邂逅的那時，一直到你的美國行回來，就在這樣大約五年的時間裡，你所經歷過的身心各種重大衝擊，已經徹底地改變了你的人生。你越發地覺得世俗一切的虛妄浮淺，越發地想要儘快回到可以自我運轉的生命狀態，連小說的鋪陳構思都被你嫌棄，你只嚮往單純直率的表達自我，有沒有可見的讀者或掌聲彷彿不冉重要。

幾年後你屆滿五十歲，就毫不猶豫地退休離職，專心重拾起畫筆，進行你所愛的繪畫藝術創作。你這時覺得塵世責任已了，可以自在地雲遊於你心境所嚮往的所在，彷彿終於可以再次振翅出籠自由飛翔的鳥隻，迅速自己往著最愛的相思樹林裡直接竄飛去，完全不想與牢籠般的這個現實世界，有著什麼牽連與瓜葛。

又再隔幾年後，你決定重新回返到這個你有著許多年輕歲月記憶的城市，我也是在這個時候與你真正相識，開始親眼見識到你如何過著你的日常生活，以及感知你此時的心境狀態。你在這時甚至也開心結識了你後段人生的愛情，我們迅速成為經常一起出遊相伴的三人，我甚至因此得以清楚地旁觀著你這段愛情的一路起伏變化。

我覺得這應是你自從前面那一次彷如受到巨大創傷，在長時封閉自我沉寂的過程後，終於又有著雀躍活潑與生機顯露的新契機，這也必是你後半段人生的經歷中，最是刻骨美好的重要情事。我觀看著你們的歡喜互動與爭端矛盾，也注意到你既是開心能成為一個歡欣戀人、又意圖扮演一位能夠不止息以關愛付出的長者姿態，明顯已經截然不同於之前的莽撞與激情。你一直小心翼翼地以自己所設想的姿態方法，一心一意去維護這個來之不易的戀情，期待這就是可以最後伴你餘生的美好戀情。

關於這一切為何最後並沒有如你所期待地終結去，我並不想在這裡多加去分析描述，因為我幾乎就是親身立在舞台上，肌膚喘息皆可以觸及你們那樣地看著這齣戲演完劇終，我至今還不能分辨我與整齣戲的遠近關係，因此也暫時難以對於你們這個愛情關係置語作敘述。但是，我還是一直深深記得也不能夠忘記的，就是在你記錄著這一切發生緣由的那篇書信體的文章裡，描述著你們初次相見的場景，你那樣看見這位女子宛如一位仙子忽然地降臨下來，尤其你居然在長久的乾旱寂寞的等待後，終於再次看到命運攜來了甘霖雨露，這一切事實依舊是令我永遠的感動著。

我讀著：

前廊比較高的地板傳來腳步聲，不像是一般人走路的聲音，因為背著光，我抬頭見到一個有些微斜側走來的人，灰黑的衣服加深了那個影像的奇異，她在第一步下階梯的同時發出一個細緻而明亮的笑音，……坐下後以及以後的交談都讓我覺得你完全不似一般女子，你的態度一直在想放自然和某種猶疑之間移動著，你的聲音是一個極大的特色，笑容和唇形成為我觀看的目標，你的目光在游離著，閃耀著一種特別的光點，是一種含蓄的投射與思索。

是的，你對於永恆戀人必然到臨的期盼，從來不曾一刻消止過，然而歲月也屢次無情地告訴著你，世事總是不能盡如你的心意所思所想。我甚至覺得你自從遠久前的那次愛情創傷裡，根本從來沒有真正的康復起來過，因而你對於永恆戀人的純真想像與漫長期盼，讓你有如水珠一樣容易破散與脆弱。這一切恰恰如你在那本獻給黛安娜女神的書信集裡，那最後一頁的那最後一句話裡，所說出來：「好在這一切都是不真實的幻想，否則就太可怕、太可怕了。」

我會想到你許多次對著我們開心唱歌的模樣，你的歌聲沉渾、自信也充滿感情，總能讓本來喧囂的眾人，都忽然凝神沉靜下來。你後來還認真去學唱了南管，自己會在客廳一邊彈著琵琶，一邊吟哦自得唱著《一紙相思》的神情，還依稀恍如又此刻出現在我的眼前。

你最後對於南管的熱情，自然與你當時所愛者的心志有關，但這也呼應著你其實一直對於樂音所具有的天生敏感心性，這讓我不免想起你小說裡描述你幼年親見到你大哥想離家追隨樂團戲班四處巡演的本初願望，卻被你父親手握木製的武士刀，直接劈殘了他的一隻手臂，讓他餘生只能用單手演奏，留連在鄰近幾個酒家討生活的故事。

我們後來還特地回去到那家「樂天地大酒家」，是你為了我拍攝你的紀錄片《離城記》，所做出來的特別安排。我與兩位攝影朋友面對酒家與酒女的場景，都顯得全然陌生的驚惶與不安，你就擔當起與酒女談笑飲酒，甚至調情摸乳的大方動作，讓我們得以在笑罵妖嬈的氣氛下，終於鬆弛下緊綳的心情。

然而，就是在這同樣的酒家裡，你必然會想起來你大哥當年以獨臂走唱的影像，你完全知道他對於音樂的熱愛與天分，你也親眼見到他的人生如何不幸的草草結束，這一切你都寫在許多朋友最是戀戀難忘的《沙河悲歌》小說裡。我也見到你對音樂的鍾情與同樣天分，卻不知這是否是你對你大哥追思與悼念的一種表達方式？

就像你在寫給日後的所愛者的書信〈一紙相思〉裡，這樣說著你對音樂的感動：「我在一次晚上的散步裡獨自省思我現在對南管樂曲的入迷，簡直像是我在多年前聆聽到《大地之歌》時一樣，我固然不能學唱卻能像以往接觸交響樂一樣領悟那絕頂的造詣，如此的作品非有天才和豐厚久遠的承傳不能持續產生，雖是音樂卻是哲思。」

南管音樂的寧靜優美，應該安撫了你最後殘餘的一些傷痕心情，你也因為你那時的所愛者無意間表達了對於《大地之歌》的喜歡，你於是特別為她翻譯了其中最後一曲〈告別〉的內容。你的文字與表達如是優美，讓人迴旋難忘，但是我現在重新讀起來，卻覺得這幾乎就是你心境的真正陳述，彷彿正就是在為你自己的一生所譜所唱的歌曲。現在我在這裡抄錄下來你所翻譯歌詞的最後一小段，也算是用來與你作永遠的告別：

他下馬為他的告別舉杯
問往何處，為何必須？
他回答，卻掩語而說：
哦，朋友，命運在世苛我
無處去，我徘徊山裡落心。
我將盪回我的原鄉土地，去我家
我將不再在外流浪。
從始至終我等待著此刻時辰
任何地方，可愛的春地
繁花盛開，長出新草

任何地方，永遠皆是
地平線藍藍發著亮光
永遠又永遠……

我再次吟哦著：

哦，朋友，命運在世苛我
無處去，我徘徊山裡落心。
我將盪回我的原鄉土地，去我家
我將不再在外流浪。

我從心底發出衷心的祈願，希望你終能回到你的原鄉土地與你的家，得以
永遠不再在外流浪。

小說 5

愛的迷途

在逐漸意識到我是不可能尋回來他的蹤跡後，我也忽然理解到我們之間，其實一直存有著某個無形巨大鴻溝的事實。也就是說，對於我們相互地反覆去宣稱最是摯愛的對方，我對他的瞭解完全是殘缺與不足的。而對於這樣事實的自我理解，有些像是被陌生人摑打了一記耳光，或像是在睡夢裡被什麼人澆淋了一桶冰水，不由得不自己驚醒過來的感覺。

我因此開始去翻閱他所有書寫過的筆記與文件，想要找出什麼存留有用的線索，來梳理清楚這樣一段時間來，為何我的內在會陷入到此刻的混亂狀態。幸好，他留存的所有筆記與書寫記錄，一如他整理日常物件般的條理明晰十足清楚，並沒有花費我太多的時間去作閱讀。甚至，在其中我意外找到了有一段奇異的書寫，讓我忽然會覺得墜落入什麼私密坑穴的迷惘，完全無法分辨出來這究竟是某個真切事實的記錄，或者是一篇虛構的類同某種私己書寫，甚至最讓我不安的，竟然是還讓我突然聯想起我們兩人過往的崎嶇感情過程。

他這樣寫著：

老實說，對於此刻世界的走向，我覺得既是可怕也非常擔心，我已然預感到這世界必會日趨保守封閉，甚至可以預見這一切即將全面崩壞的末世景象，已然在眼前有如影片般地滾動播放出來。

我不明白真正的原因究竟為何，但我會直接想到的還是現代性的一路吐絲自困。相對於百年前歐陸對現代文明前景的飽滿期待，此刻價值與信仰的全球分歧多義、甚至於陷入虛惘獨斷的狀態，讓個體在其中不斷受制於社會群體與無所不在機制的壓迫，僅僅光是想要能安身立命，都已經是愈來愈難的事情，其他的妄想企望就更不用說了。

尤其，我愈來愈覺得活著與呼吸的不易，好像有一個牢籠正在眼前升起，預告著什麼困局與綑綁的必然。我彷彿可以清楚意識到這一切即將發生，可是無論我如何的焦躁不安，卻總是找不到任何願意聆聽我話語的對象，好像我就只是一個喃喃自語的心靈異常者，並且生活在一個與所有人都歧異不容的平行世界裡。

甚至，我有時都很難真正明白，我究竟此刻是身處在牢籠的網絡之內或者之外呢？也就是說，我究竟是一個正在逐漸溺斃的人，或是一個還在岸邊觀看有人溺斃的局外人呢？以及，我正在經歷死亡的必然歷程，或者我只是在觀看著他者的死亡表演呢？

其實，許多日常發生的瑣碎事情，就是這樣可以看起來平凡無奇，也同時暗藏著奇異的旨意，譬如我的一個朋友，最近告訴我關於這一件發生在他自己身上的親身故事，也就是讓他幾乎完全陷入愛情的迷惘坑穴狀態，卻無法說明一切因由的簡短故事。我其實當下完全無法回答他什麼，就只能把他的敘述，先據實地抄錄書寫下來，也許日後有人可以幫我重看一下，再告訴我一些生命究竟是如何來去的原委吧。

我的朋友說：

男人婚宴那天喝得很醉，幾乎來者不拒也很豪邁地四處乾杯，新娘與長輩都露出有些擔心的神色，他們知道男人並不是這樣本性的人，而且大家都明白他的酒量有限。但畢竟這是他終於難得的婚宴，許多人都期待這個美好的結局很久，就算喝醉了也應該無傷大雅，終究還是要讓賓主盡歡，才是婚宴最重要的目的吧！

男人果然就醉倒無法送客，先讓幾個死黨好友一起抬扶去到飯店的樓上，那已經預定用來過夜的房間，幾個人環繞著癱躺床上不省人事的男人，還意猶未盡地想要再出一點花招來玩，後來有人建議不如就把他剝個精光，再打扮成一尾純鮮保證的生魚片，等著讓新娘今晚吃個痛快吧！

幾個人七手八腳剝著男人衣褲的同時，我就悄悄地靜聲走離去，因為已經無法再看下去這樣胡鬧的狀態，也並不是有什麼厭惡的情緒浮起來，就是好像肚子裡的什麼東西，忽然快要滿溢到喉頭來，再不走出到外面去，可能也一樣要從嘴裡冒噴出來的。我有些歉疚自己居然有這樣的心情反應，尤其當初男人問我要不要來參加婚宴時，我一點也沒有遲疑地回他說：「當然要啊，怎麼可能不去參加的呢！」

男人用半是擔心半是懷疑的眼光看著我，但最後就點了點頭沒有說什麼。

我早就知道這個婚禮的所有細節安排，也和男人就這些安排的前因後果，做了不計其數的討論，男人對我說：「聽著，對我的生命而言，你和她是有全然不同意義的。也就是說，我的心靈世界無法沒有你，但是我的現實生活如果沒有她的存在，也是完全不可以的。」

我相信男人的說法，從第一天認識男人起，我就全然地相信也依賴著他，到現在依然如此沒有改變。婚宴過程我吃得渾渾噩噩，總覺得有些人的目光，會不斷掃過自己這裡來，似乎想看穿我心底有什麼波伏隱埋。但是，我真的是沒有什麼感覺，我完全不覺得這個婚宴和其他任何婚宴有什麼差別，就是淡定吃著喝著也繼續笑著，等著婚宴結束可以回家去。

我現在還是和爸媽住在一起，但是今夜忽然完全不想回去那裡。我就一人走出輝煌的飯店大廳，那個幫忙啟開玻璃門的侍者，用顯得奇異的眼光，看著我手上捧著的一束鮮花。這是我離開房間前拿著的，我並不明白自己為何忽然會想帶走這一束婚禮用的鮮花，這是完全不屬於我的花束，我並不該拿在我的手上的。

我在街上走著時，也許因為參加婚宴的過度盛裝打扮，以及一直還抱捧在胸前的這一束鮮花，引來許多路人的目光。這讓我有些失措與不安，就決定要轉岔走到比較少行人的細巷裡，我聽著自己腳步聲發出空洞的回響，抬頭看著兩旁公寓裡行列般點亮的溫暖燈火，然後有電視播放的聲音傳來，我就想到了家中的父母，應該也一樣正看著電視裡播放的連續劇吧！

然後又想到了男人，他現在不知道怎樣了，在男人這樣形容與身體都倉皇的時候，不能在一旁照料著他，讓自己覺得奇怪也失魂。我知道今夜我不應該再去想到男人，今夜必須完全地忘記他，但是，卻還是不自主地迴繞想著兩人初見面那夜的情景。我有時會問著自己：不知對男人而言，那一夜所引發日後這一切的意義，究竟是為何呢？而且，男人會像自己這樣，總是懷抱著神聖也甜蜜的心情，不斷反覆思想起來那一夜的點滴細節嗎？

遇到男人的那夜，是參加一個朋友的生日趴，朋友顯得豪氣也誇張地包下一個小餐廳，我並不很熟悉朋友那邊的交友圈，加上自己相對又比大半賓客要年幼些，就有些跼促不安地一人端坐在西式長條桌的位子上，臉上帶笑也本分地觀看四周的喧嘩，然後注意到另條長桌會有個男人不斷回頭望向這邊，起初我以為他在找尋什麼人，後來才逐漸明白他其實一直是在望著自己。

這讓我剎時有些心驚，舉止也越發不能自然流暢，晚宴後來大家起鬨開始去鬧酒，紛紛離開位子各自遊走去，男人就立起朝我走來，恍如舊識般坐落入我身旁，為我斟滿酒杯相互敲杯子一飲而盡。就是那一瞬間，我忽然覺得世界似乎安靜了下來，周圍的喧嘩笑鬧全部消逝去，就只剩下我和男人相依互臨的存有。

那夜宴會還沒有結束，我就隨著男人悄悄離去，並夜宿在男人的公寓裡。天亮時我想起中午還有瑜伽課程，就告辭了還是宿眠不起的男人，只在餐桌上留下自己名字電話的紙條，畫個愛心並寫說一定要再彼此相約喔。但在坐入到計程車裡縈繞腦子不去的，其實是見到廚房牆上掛著男子與另外一女子的親密合照，日後終於明白那女子就是他的未婚妻，男人在回答我關於這一切因由的好奇詢問時，顯得一切本當如此的平常自然，完全沒有意圖要掩瞞什麼或歉疚不安的閃躲神情。

我問男人：「你們訂婚很久了嗎？」

男人說：「是啊，很久了。」

我又問：「為什麼不就趕快結婚去呢？」

男人說：「沒有為什麼，事情就是自然這樣的啊。而且，反正……反正我們早晚都會結婚的。」

我並不能明白男人對於婚姻關係這樣奇怪的安排方式，但是又離奇也固執地相信著男人確實是愛著自己，就放手聽任男人的說法主張，並不想要去釐清什麼甚至與他作爭執。當然，也許潛意識裡知道自己必然要居於下風，而目前這樣看起來的相安無事，可能就是最理想能以退為進的必要過程吧。

我漫無目的地穿梭在街巷裡，發現自己居然轉進一條沒有出口的死弄子，從巷底走出一個遛狗的婦人，用顯得奇怪納悶的表情望著我。這讓我突然意識到自己其實並不知道要走去哪裡，甚至一晚上這樣隨興胡亂地一路漫步亂走，究竟人現在走到了哪裡也根本不清楚。就拿出手機察看自己的位置，發現原來已經走到距離這個城市裡被宣稱面積最大的那個公園不遠了。我很久沒有來過這個樹蔭已然繁盛的公園，過往還留存的片段印象，甚至還是停留在得到國際大獎的電影結局裡，楊貴媚獨自坐在荒蕪廢墟空地上，一人長時地嚎啕大哭的影像記憶。

我一邊走進入蜿蜒的林間步徑，一邊腦中拼湊當時用電腦不時快轉看過去的影片，所以會去看這部有些老舊的電影，也是因為男人總愛三番兩次地對我提起這電影的緣故。我並沒有很懂得這部電影究竟要表達什麼，也不明白男人為何如此鍾愛這部電影，但我還是被最後那個長時間的哭泣場景震撼到，彷彿可以感受到楊貴媚被整個世界遺棄後，那樣椎心入骨的荒涼心情。

公園裡現在行人很少，間或有些夜晚認真跑步的人，會迅速掠過去自己的身邊，我看著一個個矯健的身體，以背影的姿態陸續消逝入黑幕裡，留下路燈投射下來交織的細長條影子。我突然覺得身體有些疲倦腳瘦，就坐落到旁邊的長條椅上，好讓自己緩口氣休息一下，然後注意到遠處有個壯碩男人緩慢跑著過來，我其實早先已經特別留意到這男人，因為他幾趟顯得蓄意有些貼靠過來地穿跑過自己的身邊，幾乎都可以嗅聞到他身上溢出的汗水味道。

壯碩男人這次快接近時，忽然就換成緩步走著，經過時轉臉對我笑了笑，然後在不遠處彎身繫著鞋子，再次轉臉對我笑著。然後，我就立起來走過去，對他說：

「我看你已經跑了好幾圈了，衣服都濕透了呢！」

「是啊，今晚實在太潮濕了，汗水流得特別厲害。」

「衣服這樣濕透了，讓你的身材看起來更好的啊。」

「你喜歡我的身材嗎？要不要我露給你看看呢？」

「可以啊？有地方可以去嗎？」

我其實暗示可以隨男人回家去，但男人顯得猶豫，只說：「我不能在這裡待太久的，我還有別的事情要處理。這樣……前面角落那裡有個公廁，我可以去那個洗手台沖沖身體，把汗臭味先清一清。……你要一起來嗎？」

我茫然地點了點頭，就隨走在男人身後，穿入更顯幽暗的無人林徑。男人一入到公廁裡，面對洗手台的大面鏡子，俐落地就立刻脫掉了上衣，用水龍頭的嘩啦流水，來回拍撲著身體，然後對著鏡子裡反射出來的我，說：「過來啊，幫我的後背那裡沖點水吧。」我就立刻走靠近去，用兩個手掌去攬著水，像在照顧什麼盆栽似的，澆淋上男人壯碩的背軀幹。

男人示意可以恣意搓摸他的身體，說：「你不是喜歡嗎？想摸就盡量摸啊，不要客氣的啊！」並轉身過來，也想解去我的衣服，我說：「這個讓我自己來。但是……但是，會不會有人就忽然進來啊？」男人說這麼晚了，不太可能還會有人出現的。我依舊張望著入口，顯得猶豫不安的神色，男人就把置放一旁的清掃工具，搬移去入口假意地搭放著，又說這樣就不會有人進來了。

看我神色依舊遲疑，問說是不是覺得燈光太亮了？我就點著頭。男人沒有說話，轉身去取了一支掃帚，舉起來乒乒乒地直接打碎掉天花板上的幾盞燈泡，屋子就忽然全部黯去，只有洗手台上方那一列橫細條的窗子，會透進來從遠處彷彿探照什麼的街燈光芒。

男人過來動手解我衣裳，我沒有抗拒完全任他動作，只轉頭看著在鏡子裡兩人微微相互亮著薄光的身體，隨著衣服一片片的解落，露出在暗室裡瑩瑩的白光，像是潛伏在黯夜森林裡，兩隻預備一起撲火的蛾，既是渴切焚身又冰冷無情。

男人扳我身軀伏趴朝向洗台的鏡子，我覺得自己正在進入什麼熟悉也陌生的過往場景裡，然後清楚地透過肌膚的廝磨碰撞，感覺到男人逐漸急切起來的慾念，卻同時發覺自己竟然依舊有如看戲者那樣無動於衷。各樣意念此時開始不斷地飄飛來去，又想起來在那個與男人相遇的初夜後，屢次會詢問男人為何一直遲疑還沒結婚，經常總要引得兩人都不愉快的事情，就忽然脫口大聲呼叫出來：「你為什麼不快快就結婚去呢？」

身後專注著動作的男人，顯然被不斷迴繞在這空曠空間的這個突兀叫聲，驚嚇住地停止動作，就只透過鏡子裡的微光反射，揣測著這話語的究竟意思。然後，我意識到按壓著我雙手的他的一隻手指，確實閃爍著一圈金戒指的金澄光芒，見他於是有些意識到什麼的，急忙也不安地抽回來這隻手，似乎急急讓金戒指脫離開兩人的視線。但是，就在他抽手擺動回去時，撲通打落原先放在洗台上的那束捧花，花束一直滾落到廁所的另個角落，黑暗中完全失去了任何蹤影。就這樣的一瞬間，讓我一整夜沒有真正平息過的心情，也隨著花束翻滾地面的窸窣聲音，隱現交錯地莫名又抽痛起來。

男人感覺到什麼不安氣息環繞來，似乎倉促想結束兩人的糾結，我也清楚意識到男人幾近草率的果然終了，兩人似乎都鬆了一口氣。我從鏡子裡望見到男人邊穿衣服邊離走出去，完全沒有想要再回頭看望我一眼的意思。此刻空氣安靜也稀薄，讓人完全透不過氣來，遠處彷彿有行人交談的聲音，忽近忽遠地斷續飄浮過來。

我又想起來應該依舊醉得不省人事的男人，很想能立刻去到他的身邊照顧安頓他，但是男人說不能再隨便去他的住處了，因為畢竟他現在是已經結婚的男人，那是有法律作規範的婚約關係，所以一切都不能和以前一樣的了。

「不能和以前一樣嗎？……這是什麼意思呢？」

「就是必須用新的方法，才能繼續來往了啊！」

「必須用……全新的方法？……那會是什麼樣的方法呢？」

「老實說，我現在也還是不能確定。但是，你現在先不用擔心，一切都會很好的，我可以跟你保證，我絕對可以跟你保證的。」

我有時會想著男人如何可以自在地遊走在這樣三人之間的關係裡，卻彷彿一切都理所當然的繼續生活著，自己也幾次賭氣想要另外發展一個其他什麼的私密關係，像是作為一種報復還是自我平衡。但是，就是無法覺得開心愉快，自己的心思與目光，就總還是離不開男人的身心那裡，而男人完全知道這一切必定如此，就冷眼看著我次次溺水般地獨自載浮載沉，一句話也不說地就旁觀著這樣宿命般的來去始終。

我藉著高窗透下的稀薄光線，看著自己立在鏡子裡顯得蒼白細瘦的身軀，就拿出手機用閃光燈撲撲地拍著。我必須把自己現在這一刻的模樣，好好地也真實地記錄下來，因為我害怕自己終究會忘記這一切，不管這樣的忘記是蓄意或是無意識地，就是完全忘記自己曾經在這樣的深夜裡，裸身地獨自立在什麼無人公園的公廁鏡子前面，彷彿與整個世界完全地脫離關係，狼狽猥瑣的自己此刻模樣。

我緩緩地整頓好自己的衣著，讓自己看起來一如早先赴宴時，那樣的整齊與亮麗姿勢，再一步一步端莊地重新走出去這個公廁。忽然想起來剛才被那個男人在無意間打落到地上的那束捧花，就立刻走回去尋找已經滾落暗影的角落裡，撿起來那顯得同樣凌亂也狼狽的花束，用雙手小心翼翼重新環握在胸前，再啟步走了出去。

我其實並不知道要走去哪裡，就順著樹林間的小徑走著，聽到草叢與遠處水塘裡，各樣蟲鳴聲音四下環繞起來，好像正在歡呼與期待著什麼幸福慶典的即將到臨。我繼續一圈又一圈地繞走著這個公園裡的黯夜林徑，想像自己有如一個正要走向婚禮花道的新人，一邊滿心歡喜地手捧著盛放的花束，一邊揮手接受兩旁所有人的歡呼祝福。

忽然就看到一個樹叢缺口裡，有一塊荒蕪禿露的石頭，像極了那部電影裡楊貴媚坐著哭泣不停的那同樣的場景。我有些驚駭也難以置信地慢慢走過去，用彷彿楊貴媚那樣孤單姿態地坐上去石頭，閉上眼睛努力回想著電影裡演出的情節。這時……這時候，所有原本隱藏在暗處的鎂光燈，忽然一起相約般全部打亮起來，把我的身軀和周遭的空間，打照得有如正午白天一樣明亮。而就在同一個時間裡，我彷彿看到遠處高椅上戴著墨鏡的那個導演，用一種似笑非笑的神情，轉頭對著所有工作人員與不相干的旁觀者，大聲地喊著：「大家準備要開麥拉。好，就這樣，拍起來。」

然後，我就像楊貴媚在那部電影裡，那樣四顧無人地開始大聲嚎哭起來，一直哭一直哭一直哭個不停，像是想把所有曾經的與向來的委屈辛酸，好好地一次嚎啕落淚哭個乾淨透底，並且沒有任何人可以阻止我的哭泣，就連旁觀的導演也無法阻止我這樣的長時哭泣下去。

我那夜顯得哀戚的哭聲，確實驚動了林間棲息的鳥禽們，甚至引發了一陣匆忙起落的不安撲翅騷動。然而，在公園外面那個已經逐漸沉睡入夢去的繁忙世界，卻是顯得完全地依舊無動於衷，彷彿他們根本就無法去分辨出來，那些不斷傳來的怪異聲音，究竟是某人真心的暗夜哭泣嚎啕，或者只是公園的水塘暗溝裡，總是會在春天的求偶時節，四處放肆地那些例常擾人的蛙族們所正常鳴發出來的煩人噪音罷了。

這個有如小說的奇異故事，讓我陷入困惑不安的沉思。對於他過往的感情經歷，我從來不去追問，也不覺得這與我們的未來關係，究竟會有著什麼必然相干。但是，我也一直感覺得到他生命底層的不安，就是對於是否一切世事都能如此恆常地持續下去，他有著某種根深蒂固的不能相信。

這樣深深的不安與懷疑，因此也一直埋伏在我們的生活底層。我初始以為這就是感情發展必經的短暫過程，但是隨著時間過去，卻發覺可能這已是兩人關係的日常狀態，無可理解也無可改變。也就是說，不管我們是如何的相愛，這個一直環繞著我們的世界，依舊是永遠不可以讓人相信的。

譬如他在幾年前感染了一種皮膚疾病，手臂及肩背同時長出來幾個奇異的肉瘤，醫師懷疑那是某種源自非洲的罕見傳染疾病，立即將他送入管制進出的負壓病房觀察。我因此在那個偌大空洞的病房，全程戴著N95口罩陪伴他，出入時我必須先經過小隔離間，並且自己噴灑酒精消毒，甚至不被允許在病房吃食與飲水，逐漸覺得我們就像是兩個有害於社會的什麼異物，因此被隔離出這個世界，甚至有可能會像這病房的垃圾一樣，最後就用特殊的專用垃圾袋，嚴密包紮起來的迅速火化掉。

醫院立即進行肉瘤的切除手術，並在幾日後化驗出來，確定並不是原先所擔心具有傳染威脅的疾病，也終於可以移離出隔離病房，得到允許移動來去的自由。但是，他們也察覺到這奇怪病毒依舊流竄在血液裡，雖然見不出有什麼立即發生的威脅性，卻還是決定要進行小劑量的化學治療，確保這些病毒受到必要的撲襲與控制，不會在未來有著任何突發破壞的狀況。

那之後，我們大約每三週回診一次，除了抽血檢驗病毒的數量與免疫系統的狀態外，隔日還要進行透過血管滴注的幾個小時化療過程。他也全程順服地進行著這一切的必要治療，但是，我可以感覺到他情緒的某種變化，甚至不免讓我更加懷疑起這一切的所以如此發生來，是否其實就是有著什麼不可知者的奇怪陰謀暗中進行著，他只是無端被揀選出來的莫名受難者。

他還是如期完成了這個近乎一整年、涵蓋兩個階段的完整治療，沒有發出任何的異議與憤怒情緒。但是，在這樣的整個過程裡，他顯得異乎尋常的安靜少言語，以及總是若有所思的自己獨處一角，畢竟讓我有些敏感地擔心起來。我甚至無意中發現在他的書頁裡，夾著一張像是什麼宮廟的淡紅色紙張，上面用原子筆書寫著潦草凌亂的字，除了有他的名字與像是年紀歲數的數字，以及我們居家的完整地址，是我比較容易辨讀外，其他並列書寫的許多草率文字，我就完全難以理解了。

我立刻詢問他這到底是什麼東西，他只是淡漠地說，就只是一個朋友好意去幫他代問神明的，你看看就好不需要太在意。我從來不相信這類怪力亂神的事情，也對於他竟會在暗地裡縱容這樣事情的發生，其實有著情緒上的不滿。我告訴他：現在已經是科學與文明的時代了，我們一定要相信專業者的判斷與協助，不要再去愚昧地重回到那種信神信鬼的舊時代去。

他就看著我，笑一笑並點著頭，沒有再說什麼話語。但是我彷彿感覺得到他其實是在說著：如果這些都是怪力亂神不可相信，那我們其實也並沒有別的東西可以用來替代好去相信的，不是嗎？

如今想來，我們的愛戀與生命關係，其實一直伴隨著你各樣突起的疾病，而作著我們都難以預料的發展，並且只能一路的節節翻轉應對與敗退。其實從剛一啟始，我們也如同所有他人一樣，以為感情與關係的得以健康茁長，依靠的無非就是肥沃安全園地的孕育，並且自以為我們當然可以建立起這樣的美好環境，讓在中間寄生的感情苗芽，不受到風雨侵擾的日日長大下去。

然後卻發現疾病總是以著自己的方式，宣告並占領我們以為必然是淨美的空間，用一種無法被任何人規訓的頑固姿態，逼迫我們必須正視它所衝撞出來的坑穴，並且每一次都是以我們的潰敗與省思，作為事件的結局以及收場。也就是說，我們二人感情發展的歷程，其實就是你身體陸續發病的一頁疾病史，也是一個完整也坎坷的你的病歷過程紀錄。

這個事實早有跡象顯示，譬如我們都會各自重複作夢，你總是夢到有一個暗影裡的陌生者，一直追隨你想要迫害你，讓你因此屢屢驚恐地吼叫著，並且終於汗水淋漓醒過來。我的夢境完全不同，我只是會不斷走進去一棟棟看起來既熟悉又陌生的巨大建築裡，然後突然發現自己已經陷入迷宮的奇怪布陣裡，才是開始自己驚慌起來，並只能在不斷來回奔跑並尋找出口的過程裡，突然地自己醒過來。

而且，我每次驚醒來時，大約都是天光才初初顯露的時刻，而你卻總是在依舊無際闇黑的空間裡，哀嚎般地驚醒起我們兩人，並遲遲不敢重新回到你的睡夢去。我對這個事實其實早有察覺，卻一直不知道為何一切總是如此發生，也絲毫沒有應對的方法。我相信夢境是某種事實的顯現，既是鏡子也是明燈，總是會鑑照出來某一個時空下的現實樣貌，但我完全無法解釋我們各自的夢，究竟意欲對我們述說什麼未明的預兆。

你曾經在惡夢後問我，為何你屢屢在不同的夢境裡，都會遭遇到各樣凶險難敵的處境，卻不曾在任何一個危急的狀態裡，真正的遇難並死去呢？你說：「為何不管情境多麼可怕危險，我在夢裡就是不會死去？反而在日常的生活，我卻完全有可能瞬間就意外地離開人世呢？」我後來也深思了這個問題，確實完全就是這樣的，似乎沒有人得以旁觀著自己在夢境裡的死亡，難道因為死亡就只是一條無法脫身作旁觀的單行道，而且一旦踏上去必無得回返嗎？或者，夢境根本只是虛假的雲霧投射，還沒有能力去履及碰觸到血肉淋漓的死亡真實境地？

有時，我也覺得我們的感情狀態，一如我們各自的夢境劇情，既且是次次凶險難測，卻也是曲折迴繞無出路，但無論如何總又難於死去。我們只是能夠在日間顯得照常的過生活，在夜裡重複地步入到各自追索的夢裡，那樣彷彿在依循著太陽與月亮的光影規律，完全無法抗拒地繼續如此糾纏著彼此的關係。有時，我會覺得真的好笑起來，因為我們根本像是一對在夢裡被惡人追殺不停又不死去的永遠受害者，也像是居住在那個根本無出路的迷宮裡，堅持不願意放棄尋找出口，其實只是在娛樂那些隱身旁觀者的天真白老鼠。

但是，我覺得你的每一次疾病發生，都像是我們緊張關係的休息站，我們會因為對於疾病自身的恐懼，而忘卻了我們身在迷宮的絕望事實。也就是說，每一次面對著有如潮汐般撲襲來的莫明疾病，其實都是一次溺水的解救過程，也是在迎接著對我們關係再一次開釋救贖的恩典，讓我們得以感知自身生命的脆弱與渺小，並從中省思與覺悟到原來我們各自一直堅持與對抗的種種現實與夢境，其實是竟然如此的荒謬與可笑。

書簡 6

誰才是這座森林的主人？

不知為何，我會一直拿你和蒙田相比，也就是說我總會在你的身上，看到蒙田那似乎既是古老、又極具現代意義的象徵顯現。譬如他在入世與出世間，總是搖擺不定的生命軌跡，他那樣對於維持樸實與絕對真實的堅持，對於一切既定教化的無因抗拒，以及雖然飽受同時代他者的批評攻擊，又始終難以獲得眾人理解的寂寞命運，甚至還要被質疑自身性格的淡漠、不介入與膽怯，卻能依舊堅定不改的個性風格與生命路徑。

這其中的關鍵，我覺得就是在於你們二人對群體與個體相對關係的認知，有著殊異於所有他者的獨特地方。你們自來明白所以選擇用理性來約束自我，是為了得以在群性不可免的瘋狂中，得以避免墜入這樣不明洪流的沉溺危險，並藉此保持那得之不易的個人理性與自由。因為你們都堅持要過著真正歸屬於自我的一生，而不是去過著洪濤共流下無個人思考的規範模式，或是因此淌入難分彼此濁濁人生的慣性裡。

你也早就學會對於時代發生的一切，因為認知到個體幾乎總是無能為力，因此只能保持著不介入的狀態，也堅持除了你自己的內在意願，無人得以改變你的自我存在狀態。你就是不停地朝著你的真實自我走去，從來不能明白也不願意接受什麼叫做「自願的屈從」，所以你所有寫作的脈絡中心，就是直接簡單的「我」，也就是一個長期尋找自我的軌跡記錄，因為寫作就是你用自我的生命，所投射出來的那一長條巨大陰影。

你透過不斷自言自語般的寫作，宛如只是凝看著鏡中的自己，竟然能夠將自我行走時的地面陰影，鑑照轉化成可以照亮他人路途的明燈，這一直就是你最讓人讚嘆不已的地方。你尤其轉目忽視同時代他人的舉止言行，卻用心對於少數有著豐富內在的歷史人物，專注認真地去作研究效法，將他們視為與自己的信念作比較時的標竿，藉此也脫離了自身時代的祝福與詛咒。

你應對人世恰恰有如蒙田，他甚至形容現實就是那總不斷踉踉蹌蹌前行的醉漢，你其實只能誠實地直接注視它，並不能真的能夠奈何它的。正就是因為真正的生命，是無法直接去注視與確實捕捉的，我們所能見到的所謂一切事實，只是生命自身不斷轉身變化時，所顯露在現實中的短暫樣貌，瞬間即會轉換與消失。

這也就是蒙田在說明本質與表象的差別時，為何會用皮膚與襯衣來做比較的原因，他只是提醒我們不可以把行為與本質混淆，尤其注意要讓自我的真實內在，與社會賦予我們的責任之間，有著適切的安全相隔距離。因為群性標準所暗藏的最大災難，就是對個體思想與道德標準的獨立性，從來所具有的持恆威脅，因此，個體在面對這樣洪濤般的威脅時，勢必需要構築安全圍籬的作出自我保護。

但是，你們兩人雖然都深知群體對於個體所選擇的獨存與獨醒態度，一直存在著不滿與摧毀的巨大壓力，但你們同時知道所謂尋找「我自己」的同時，其實是藉此去尋找人性的本質與共同意義，也是在對於群體生命的出路何在作思索。因為所有對於群體性的頌揚，自然都帶著必須使他人屈從的暴力威脅，其中必然隱藏著暴力的因子。然而，透過對自我內在的扣問，以對人類的普遍性意義有認知，則是在砂粒中篩揀破碎金子的過程，也是對於人性共同價值與意義，一種莊重的肯定、認同與返回。但是，得以這樣完成的前提，是自我的個性能夠先得到尊重以及保全，好讓一個人的真實本性得到存活，再經由共性與個性的和諧共存，才能朝向結合的境地前進。

由是，雖然你的思考與寫作一切，皆始自於你的內在自我，然而吸引你的目光凝注的所在，才會是那些顯得有如畸零者，譬如撿骨也賣身的女人、聾啞無依的街頭老者，或是在洪水中沉浮待援的妓女，以及那美麗純真的小女孩。其中最有趣的，是我其實會在你憐惜的許多殘弱者身上，彷彿時時就看到一個純淨無邪女孩的甜美臉龐的浮現，像一位天使在遍地煙硝的大地，忽然的浮現降臨與承諾救贖。

在你早期的散文書寫裡，那一個虛幻也真實的黑眼珠，就立刻又出現我的腦海裡。你這樣稱呼她：「我的妹妹，我的學生，我的朋友，也是我的知己。」然後，你用輕快如音樂般的文字，寫下一則一則關於這一位黑眼珠的短小優美素描，像是對生命的祈禱與歌頌。

我讀著：

我像她家族中的長兄從星期一到星期六，像挽著我家族中最年幼的妹妹，在朦朧的清早經過灰色的九份街道靜默地數著石階到山腰的國校去上學；晌午時分我站在三年級的教室門口看著她整理書包向老師敬禮雀躍地跑出來。

黑眼珠，小精靈，我的小精靈。她永遠不停地發問，她永不疲倦地跳著卻卻舞。她常掏出手帕為我擦去懷鄉的眼淚；我也拭去她扭曲的臉孔上因過度調皮被母親責罵的受屈的淚水。

黑眼珠是我的快樂。黑眼珠說她的小臉孔完全像我。黑眼珠在安寧靜穆而和平的夜晚，躺在小床上只願意讓我曲身在她純潔乾淨的額上輕吻晚安。

你所以決定要遠離身邊汙穢也不潔的大人們，就是為了想要尋找像黑眼珠這樣的小孩吧。或者說，你是因為相信黑眼珠的確實存在，才敢於捨棄你身邊沉淪的大人世界的吧！

也因此，你與蒙田對於該如何過自己的生活，就尤其看重地不斷反覆作著自我思考。其中最核心的思索目的，是如何能在不離開自己生活所屬的家園，同時不棄絕自己生命歸屬的時代下，還能適切地保持住自己的自由意志。尤其當別人會把你的行徑，看作彷彿充滿攻擊惡意的刺蝟，而我卻完全明白也覺得你的一切努力，都只是在做最基本的自我防禦，因此選擇行事上盡量不聲張也不引人注意，就仔細小心地觀察著自我心靈的種種細微變化，只希望終於能夠找到通往自我內在的那條道路。

但是相對來看，蒙田反而勇敢地不斷開啟著新的生活挑戰，不斷從中吸取他可以獲得的精神養分，尤其最可貴的，是不因此被任何現實事務真正羈絆。他並不認為有著所謂唯一的生命路徑存在，因為他更是相信思想的自身，從來必須飄忽流動，生命的路徑因此必須相應去配合改變。若與他相比較，你反而更像是一個曾經在現實中遭受到什麼驚嚇的小孩，對於外在生活的所有刺激與挑戰，你幾乎都選擇迴避與遠離，你寧可放棄其中所有善意的可能邀請，以免被其中隱藏的任何惡意，危害到你僅有的小小自主與自由。

也就是說，對於現實的存在，蒙田似乎一直比你更有信心，因此他從來並不懼怕對於死亡的談論，就像是正和一位即將來拜訪老友的輕鬆與幽默談話。他說著：「但願死神來拜訪時，我正在園子裡種菜。」或是，更直接地說著：

「我寧願是死在馬背上。」而且確實有一次，他真的發生幾乎讓他致命的意外墜馬，他藉此突然體會到自己的意識與身軀，其實完全可以相互脫離的事實，更是堅定地認知軀體的暫居屬性，因此不會過度眷戀生命在當下所依附的軀殼自身。

我不免會想到這是否與他作為一個虔誠的天主教徒，你卻一直維持著實證主義的無信仰者姿態的狀態，會不會有著什麼隱藏的關連呢？你們雖然都宣稱也相信著一種普世價值的存在可能，譬如和平、理性、友善，與寬容的品質，但我有時不免會自我疑問的想著：究竟，你是一個相信基於良善人性所建立的文化，必可以終於普世同化的浪漫人文主義者，還是，你終究仍是一個歌頌著征戰與力量的必要，那具有高度理性務實的古羅馬人呢？

歸根究柢，你們都還是堅持要持恆也謙卑地回歸自我，也其實都相信必須藉由書寫以來誠實面對生命，就如同蒙田所說的：「希望人們在書中看到樸實、自然與平凡的我」，因為他知道這才是自身的生命，得以真實存留的意義所在。他甚至在《隨筆集》剛出版前兩卷的序言裡，才開頭就寫著：「讀者，這是一本真誠的書。」並且，還在書內反覆強調著誠實、正直與表裡如一的重要，似乎希望能和讀者建立起一種無條件式的信任關係，但又同時驕傲地拒絕現實生活裡任何真實的跟隨者，因為這會違背了必須讓讀者走自己道路的基本信念。

我發覺你在這些方面，與蒙田有著高度的類似性，甚至於你晚年益發喜歡使用的書信體，也如同蒙田經常會透過與他人的對話，逐步在鏡中形成自我的意識，並藉由他者的各種回應，以來曲折地鑑照並返回本我。或許，你也是想透過這樣直率的書信對話，希望能說出來既是屬於自我、又是屬於聽者的內在話語。

但這同時間，也暴露了你們其實對文字自身的懷疑，並且害怕因為文字所具有的天生弱點及缺陷，譬如文字書寫慣性的自我美化與矯飾，反而經常造成書寫與真理間，可能更是要疏遠甚至難於溝通的關係。就像你在題獻給黛安娜女神的那本書信集裡，如何殷切地提醒對方一定要用本來就「純真而坦率」的聲音做書寫，根本不要蓄意去經營什麼其他的意圖。

我讀著：

你會漸漸擺脫掉信上所說的困難的意識，不必要像文學作品一樣去計較和應用文字，順其自然的流露出來，才能真正表達我們要互通的信息。我們的工作是互相瞭解，不是已經既成事實的保證，要像河水一樣順流而下，不必計較是否要經過特定的地區；我們要使其暢流不斷，一路流下，只害怕阻滯成為死水，那麼它自然要經過曠野、森林和鄉村，流過草原讓羊和牛暢飲，讓牧童沐浴，讓村婦汲取而食用和濯洗，最後流入海洋。

這樣有如流水般自然而然的書寫態度，真正想要追求與達到的境地，可能就是如蒙田所說：「至此，不再是我撰寫了這本書，而是這本書造就了我，書與作者合二為一，成為作者生命的組成部分。絕對不像任何其他書籍，內容與作者的毫不相干。」也正是因此，你的寫作就是你的自我生命，而你的自我生命就是你的寫作，這樣的結合終究必須要完成。

你們同樣一直期盼著退隱的到臨，也相信這是自我完成過程的必要手段，而其中最為有趣的，是在退隱後對於大自然的孺慕呼喚，顯得愈來愈是清晰。蒙田甚至寫著：「沒有依托之所，唯有大自然。」並且，接續說著：「任何隱居之所，皆須有可以散步的場所。」至於大自然與散步的必然組合，其實正也是你在突然宣布封筆之後，並有意選擇改以畫筆描繪這個世界時，主要的觀察與思考脈絡。

在你的畫作裡，經常會見到你對於家居附近的木麻黃樹林、小徑、海洋，以及沙灘的描繪，我尤其對於那條轉彎隱沒在林間的黃土小徑，這樣反覆出現的畫面構圖，感覺特別的吸引與興趣。我在認識你之前，事實上就在畫廊買下你這樣主題的一幅粉彩畫，畫面中有一條黃褐色澤的泥土路，自己突兀地消隱在畫布的左側邊，整個畫面的其他大半部，宛如藏著什麼不可知生靈般、充滿野性力量的雜木林，你用多重的黯綠與淺綠，以及些許跳亮出來的鵝黃顏色，讓畫面充滿著韻動的氣味。是的，你的筆觸既是直率也自信，像是對大自然的坦然相信，也讓這樣平常的鄉間景象，彷彿能夠開口說出什麼奧義的話語。

自然可見地，你對蒙田的景仰顯而易見，甚至可以感覺到你寫作上的直率風格與人生的誠實樸素態度上，某種亦步亦趨的仿效。譬如在十冊小全集出版最後一冊的啟始序文〈情與思〉裡，你開章就先引用了蒙田的話語，透過他的話語，明白寫著說：「我的全部關注都在我的內心；我沒有自己的事業，而僅有自我；我不斷的思考，……品嘗我自己。」

在這同篇文章裡，你也闡述了你對於創作自由的重重憂心，你這樣寫著：「……他們要文學創作服膺於某種的訓令，要集體行一同的腳步，他們認為凡是西洋的都是頹廢的，……罵現今的我們為虛偽。這一切所由何來？讓我們冷靜地思考。我感覺我的心在瀝血，當我們遭受他們無情冷酷的踩踏之時，我深思著為何他們如此不仁？」

你益發覺得堅持個體自由的困難，對於遠離群體的渴望日增，一心想寄情心靈於自然天地間，以及終於能夠歸隱消失的內在呼喚，日日地澎湃起伏著。也是在這同篇文章裡，你有些悲觀地聲張著你這樣的信念，彷彿只有讓個體與自然得以和諧連結，似乎才是你選擇的最後歸去路徑。

我讀著：

我們也要承認一件事實：個體是互相分離的，是寂寞而孤獨的，但精神在天地間卻會適時地會合。個體是自由行動的，我們無需虛假地做著互抱的親熱，當時刻到來的時候，我們遇見了，我們會察覺出我們是互愛的。今日，文學是我們相知和傳達的形式，明日，我們只需一種流傳的心語；今日，我們藉靠文字的記號，明日，我們唯賴一種自然的默契。記著：那一天人類從自然走出，有一天將再返回自然，這段歷程，都有文學做為層層的記錄。

我有時也會想著你承繼了蒙田這樣有著啟蒙時代的挑戰精神態度，究竟是對你的人生有些什麼樣的影響呢？也就是說，你長久來相信以個體理性為本，相信如果讓某種世界秩序的建立，終是可以讓我們避免掉人類的悲劇、罪惡與愚蠢行為，尤其更認為知識就完全等同於美德，也幾乎就是獲取自由的根源。但是，我們其實又會發現做為一個個體，無論如何去精進自己的知識與理性，依舊終會發覺並無法解釋人類的全部生命經驗，反而可能讓自己不覺落入某種價值認知上的偏執與專制，造成對於他人的危害。

譬如，正因為你對因果邏輯的堅信，並選擇捨棄對更大未明宇宙的認知，而且強調個體此刻經驗的絕對可驗性，以及對於自我主義與原始主義的推崇，事實上有可能會讓你所深信的理性秩序，反而掉落入一種接近於限制與妥協的封閉狀態裡。尤其，通常在這樣顯得必然的理性建構過程中，不免還要喪失掉一些獨特的自我意識、或具有深刻意義的內省感情，以及對於事物差異的感知能力。

是的，憑藉著類同蒙田這樣「我永遠都在談自己」的執著態度，並且相信如果能建立起特定的自我生活模式，世界自然會依著這個生活模式，對你呈現出所有事物的合理本質狀態，似乎是你安排生命路徑的基本道路。而且，這樣路徑與模式的發展，確實讓人感覺到一種「高貴的單純、肅穆的偉大」的存在可能，有些類同對於中世紀修士閉關與離世精神的嚮往與追求。也就是說，你依舊相信在世界上確實存在一種封閉性的完美生活方式，猶如存於個體生命與一座花園或一片森林間的私密關係，你期望能夠在那裡達成某種激情與理性的結合、自由與命運的不矛盾，也就是能讓人性的自身存在，得以與宇宙的和諧共存，有著終極發生的可能。

因此，你後來開始相信唯有尋求與自然的對話，可能才會是對於生命矛盾本質的破解，因為自然確實就如同生命的自身，具有著冷淡與非道德的天性，而且又是充滿生命現實的，既且是能讓精神得以在其間開展的一片大海，也是有著各樣能讓永無止盡生命互噬鬥爭的無底坑穴，並且在瞬間就會以最殘忍的方式，直接地摧毀我們的一切所有，因為我們早就不再是大自然的一部分了，只是不自知也不願承認罷了。

也就是說，正因為沒有人可以真正看到森林的全貌，即令選擇獨立自主並無法意味著自由的最後達成。而且，森林也暗示了無限嚮往與無邊孤寂的同時存在，在那個無意識可主導的黑暗深淵裡，必然會存有著什麼不可貼近也不可盡知的事物，一直以著我們無法具體描繪的深淵形貌存在，尚且還會不斷地以各種僵死與恐怖的腐臭獵物，來回覆我們長期對它的善意期待。

而且，到最終我們都知道各種新的深淵，還必會繼續不斷地出現在眼前。甚至，到最終的那一刻，這個所謂的美好自然，還是一定要問著我們：「誰才是這個世界的主人?究竟是你還是我呢？」

所以，你的創作可能就是你選擇與自然對話的一種理想方式，可能也是最好的中介屏障。尤其是你早期作品裡，總是傳達出一種莫名的焦慮、恐懼與徹底的憂愁，似乎唯有將這種精神的不安、亢奮與悸動，轉化連結到大自然的整體悸動節奏裡，並且相信藉由創作時對自然的歌頌與捕捉，才可以釋放出你內裡那依舊不能完整成形的生命悸動感受，讓自我精神有機會真正進入森林的無邊狂喜狀態，讓你早已倦怠不堪的晦澀心靈，得以完完全全地在那裡得到棲息與康復。

因此，你有如一位得了精神思鄉病的迷途者，永遠焦慮地在尋找你回家的路途。你急於要認知這片黑暗森林的邊界何在，但是你卻是誤以為經由知識的智慧，才是尋找歸途的鏡子，忘記也許透過謙卑的信仰態度，可能才是更可以引路回家的明燈，你雖然願意為自己的信念戰鬥至死，卻一直沒有弄明白真正殉道的價值所在，因此一切的灑血與犧牲，都有如反覆的迴圈迷途。

我早早就見識到你已經預備好捨我其誰、也敢於與世界為敵的固執態度，你的一生也正是這樣痛苦搏鬥的紀錄與證明。你的不屈意志有如頑強的岩石，雖然能逐漸顯現出某種類同神話與象徵的力道，卻有如你其實根本就在為自己親手鑿刻一座難以解讀的墓誌銘。

在那套小全集序言的最終了，你再次引用了蒙田的話語，即令這些話語會使你顯得你在面對現實時，有些信心的微弱與不安，卻是繼續強調出來你那時對於退隱與自由的強烈渴望。

我讀著：

> 人必須退隱，從自己尋找自我，我們必須為我們自己保留一個貯藏庫，揉合我們，在貯藏庫裡，我們可以貯藏並建立起真正的自由。

書簡 7

因你期待而顯現白馬

我想起那時我會帶著玩笑的語氣，催促你再寫一本長篇小說，感覺上似乎覺得你的文學完整性，還必須一本有恢弘企圖的長篇來壓陣，才能夠算是圓滿無缺。我現在想法已然不同，我覺得你確實還缺了一些東西，但已經不是在於形式與規模上的拼貼完成，而更是你思想上的長久路徑，必須清晰地自我敘述完成。

也就是說，你的小說從起步到成熟的發展路徑，基本上依循著以蒙田為首的啟蒙運動精神，以及其後包括盧梭、杜斯妥也夫斯基，乃至於受到二十世紀存在主義的強烈影響，其中見得到對於人類知識理性的高度尊崇，也藉此發展出來你獨特的文學形式與風格。當然，你在這樣閱讀的過程，也一直有意識到基督教神學的存在其間，尤其是你所景仰尊敬的這些作家，竟然與基督教神學的傳統間，幾乎共同存有著一種既被引導追隨又辯證對抗、有如類同希臘神話弒父傳統的奇妙矛盾關係，讓你不免感到好奇與不解。

因此，你的小說雖以哲思作為思考的對抗基礎，其中一直隱隱地也拋出對神學的窺探好奇，澳洲學者凱文・巴略特在一九八五年（他當時還是碩士生）

發表於《台灣文藝》的文章：〈七等生早期短篇小說中的哲學、神學與文學理論〉，應該是最早提出你的文學裡，在這二者間其實有著關連可能的文章。他也選用你最是不斷被以哲學與道德的價值觀，作為批判及審視角度的〈我愛黑眼珠〉，作為他這篇文章討論的例子，藉此提出來他從神學角度的一些看法。

他寫著：

無論如何，七等生是關切現實的。他將個人的存在哲學和神學上的忠實行為結合在一起。如同他提醒我們的，聖方濟被迫切需要他的痲瘋病人扣住了心弦，竭力付出了自己生命的潛能，他也給予李龍第同樣的崇高的地位。

在你一九八〇年宣布將暫時停筆撰寫小說的前一年，你選擇以分章筆記的方式，認真寫下了你閱讀《馬太福音》的心得，並在日後結集出版的《耶穌的藝術》前言裡，表示說：「近十幾年來，工作之餘，讀書寫作，對一般書籍日感乏味，思想變得厄困阻塞，苦惱萬分。得此聖經後，再度打開我的心性，經文中闡揚的生命之理，深得我心的喜悅。」

然而，我覺得你其實很清晰與自覺地，藉此也切劃你那時在人生階段上，決心在寫作模式與思想探索上的新去向與巨大轉折，譬如札記與書信體的直率書寫，似乎成為你選擇更廣泛運用的文學創作形式，同時，你注視著這個世界的溫度及角度，以及明顯益發關注著形而上思考的傾向（尤其在神性與人性的辯證共存關係上），都有著很清楚的自覺與變化。

周芬伶在二〇〇七年出版的《聖與魔》裡，對你小說中關於宗教神性追求的存在事實，尤其你所認知的「人／神」與「神／人」二者間，猶然帶著模糊不明的思辨關係，有著更為深入的描述分析。

她寫著：

七等生的小說追求這種富於神性的人物，除了李龍第、目孔赤、聖・月芬，還有〈離城記〉的高漢：「那麼他是一個神，一個超自然物嗎？」他小說中的神性人物分為三種：一是看不見的超自然物如高漢、白馬，「傳說昔日有一隻白馬由山上奔馳下來，人們尾隨牠來到這塊土地。人們於是在這裡開墾，使一切富饒起來」，在這裡白馬是富饒的象徵，也是生命的展現，更是聖潔靈魂的化身，相對於墮落異化的唐倩；一是做為受難者的瘋子，如聖・月芬，「為人類歷史承當苦難的角色，卻為人漠視與冷落。只受到我們無限感激與記憶。我們相信會在未來改善我們的生活世界，這恩澤無疑來自聖・月芬所扮的瘋癲行為，她以她的來完成我們清醒的知覺」；另一是神人一體的混合物，如〈虔誠之日〉在教堂遇見的神……，或者是神魔一體的神，如〈目孔赤〉中東方的耶穌基督「他有一個凡身，卻是另一種超然的存在」……

所以，你心目中所謂的神，依舊是在超自然物、聖者、受難者以及介於人／神／魔混合體的各種角色間，徘徊猶豫的某種未知物。畢竟，你很難跨越你長期用來形塑自我的實證模式與理性思維，去跳脫來看待這樣的對象與議題，因此對於這個你所感受到源自基督教神學的探索召喚，似乎也只能繼續停留在你所說的：「……找尋另一個榜樣，再做一次虔誠和有益的學習，盼能在懷疑的思想中，尋獲內心的信仰。」

這樣顯然在懷疑與信仰間，依舊帶著徘徊意味的自我期許，以及你終究在《耶穌的藝術》的終章〈結論〉，這篇文章的最後一段寫下的：「如果你們直接了當地問我一句話，說，耶穌復活是真的嗎？我會說，沒有那一回事；但如果我是撰寫這部福音的人，我依然要安排他的復活，問題不在事情是真是假，是在於所要說的事是否有意義；為了這層重要意義，耶穌復活了。晚安。」

也就是說，你要告訴自己：「耶穌有其必要與意義，但是上帝並不存在。」這樣的結論可能阻斷了你後來想延續思索的許多可能，包括在繪畫裡意圖探討的自然與聖靈關係，以及小說裡對於病者與受難者的關注，並且暗示聖潔可能從中誕生的啟示。是的，如果你不能夠真正地選擇相信，在這條路徑終點處的揭曉時刻，發覺你向來所探索的盡頭，居然是無所終的空白告示，可能也完全不會讓人覺得奇怪或意外了。

我其實不記得我們曾經這樣直接討論過任何關於基督教神學的議題，但是從我過往小說裡的一些角色，我們可能更多是討論到杜斯妥也夫斯基的思想。譬如在《卡拉馬助夫兄弟們》極為關鍵的章節〈宗教大法官〉裡，在那四個兄弟當中，其中兩個同為一個母親所生、也最具有象徵隱喻意涵的伊凡與阿遼沙，如何恰恰一個有如是懷疑與拒絕信仰的化身，一個則是純善與全然相信的生命結合體。

伊凡的個性與特質，有時會讓我想到你，譬如他說：「……如果沒有上帝，那麼就應該把他造出來。」他思索的並不是上帝存在與否的問題，而更是現實必要性以及關乎此刻救贖作用的問題。他在即將要獨自遠行的前夜，和他弟弟阿遼沙在酒館裡對談，他雖然用墳墓來悲觀地比喻他即將前往的歐洲大陸，但同時也用哭泣與流淚的心情，來表達他對歐洲文明依舊無悔的愛。

這種讓情感裡的否定、憂傷與愛交混結合，其實只能誕生於高尚的意識狀態裡，也自然會交織引發最深刻的痛苦。而伊凡的決心遠行，就是帶著這樣混雜的情緒，猶如同時走向了審判與自我救贖的道路，所以當他面對著「也許，我想用你來治療我自己」最是鍾愛的小弟阿遼沙，就只能如此述說他所以必須遠行的心境：

阿遼沙，我就從這裡動身。我知道，我只是在走向墳墓，走向那非常非常珍貴的墳墓，如此而已！在那裡躺著珍貴的死人；在他們上邊的每塊石頭上都寫著過去燦爛的生活，對自己的功績，對自己的真理，對自己的鬥爭和對自己的科學的狂熱信仰（這我以前都知道），以致於我將倒在地上去親吻這些石頭，在他們的墳墓上哭泣，——而與此同時，我心裡深深地堅信，這一切早已成為墳墓，僅此而已。我不是因為絕望而哭泣，只是因為我將由於我所流的眼淚，而感到幸福。

人間的必然敗壞與上帝的永恆聖靈，二者間永存的矛盾悖論，是你不斷在內裡辯證的議題。恰如伊凡承認自己並沒有能力去回答上帝是否存在的問題，「因此，我接受上帝，不但十分願意，而且還接受他的智慧和他的目的，這些已是我們完全不能知道的東西了；我相信秩序，相信生命的意義，相信永恆的和諧，我們彷彿將在這個和諧裡面作融合；我相信道，整個宇宙都嚮往它，它『和上帝同在』，他就是上帝。」

但是，伊凡接著又說：「但我不接受上帝的世界。」

是的，你這樣強烈地對於此刻人間與逝去文明的悲愴哀傷感受，對於上帝所允諾世界的堅持不屑一顧，自然會讓你與伊凡終於一樣地，走上自己選擇的孤獨者流亡路徑，並且必然會背離自己所愛的家鄉與故土。這也意味著你同時已經決定將要消極地應對這個世界，就是盡力去維持個體行為表象所需的所謂外觀無瑕，甚至不惜喪失掉本有的強烈情感，不去渴求任何外在事物的回報，不再去追求或尋找任何未知的挑戰，就只是遠遠地注視與觀察著現實裡的細微生活起伏，但是並不真正有任何意願參與其中。

我也曾經想過你是否有機會具有阿遼沙那樣的心靈呢？就是，他似乎可以沒有阻礙地接近每一個人，即使是他那最是荒淫無度的父親，而且在深入理解別人的內在心靈後，他的內在世界依舊是堅定與獨立的，或許這正是因為他的身上有一個不可破壞的核心，能持續地發出得以滲透他人內心的能量，並且能藉此與他人的內心世界產生連結，更因此他也能與這個世界作出真實的對話與對抗，成為一位在道德路途上的改革者與先知。

我有時也會想著，是否對於杜斯妥也夫斯基而言，如果人性終將得以療癒與復興，伊凡與阿遼沙會不會就是他真正期待出現的人類個體，所應當自來就必須天賦具有的雙重個性呢？但是，杜斯妥也夫斯基其實從來沒有來得及完成這部小說，因此他所鋪陳出來阿遼沙的純善、相信與愛的積極能力，終究沒有及時地展現出來本當有的救贖世界的力量，甚至也沒有和其實更是在他小說中得到了完整自我表述的伊凡，完成兩人間本當應該要在道德、思想與信仰上，真正徹底的完整辯證與對話。

這兩位被杜斯妥也夫斯基所創造出來，讓人不能不深深熱愛疼惜的人物，有如在你內心裡從來就一直共存的兩個深淵，是讓你所以總是一直擺盪難安，也是在對生命的肯定與否定之間，以及對於人性與良心的必然腐敗宿命，自始就揮之不去的困難思索吧。你也嘗試著或許透過貧病者的存在事實，得以堅持散射出來些許仁慈與公義的光輝期待，卻其實不斷地淪為迷宮般的自我探索，類同某種相信與懷疑間的游移絮語。

也就是說，我這樣對於伊凡與阿遼沙的企望遙想與止步觀望，恰恰是假想著在對於你這樣其實矛盾也猶豫的一生，某種十分真實清楚的徬徨寫照吧？

當然，你的寫作從來就是去注視著那些不安的心靈，觀看這些內裡強烈的原初情感，如何無因地自我墮落或聖潔化。並且，細微也耐心地觀察著人性，能否透過對他們命運的理解，而在我們自身的內裡某處，喚醒那對於愛的長久死寂知覺。因此，你才願意傾聽所有荒涼的聲音，你也認真去觀看所有模糊的影子，似乎想藉此來捕捉到生與死的宿命，想要真正傳達給我們的什麼隱喻。或是，也如同杜斯妥也夫斯基那樣，想找出在上帝所創造出來這一切人間事實之間，某些被無心遺漏出來的夾縫與缺口，並決心讓自己親身地走進去，以去看清楚所以造成這世界如此墮落與腐敗的真正原因，也就是那個隱藏在最後面的深淵，究竟是躲藏在何處？

其實在我們過往的談話中，你更會談到的是阿遼沙。你在敘述他的時候，眼睛裡會有光輝閃現，像在描繪一個傳說中的天使，或是談論一個早夭的善良靈魂，然後你會轉臉望向窗外的遠處，發出一聲像是嘆息般的沉重喉音，讓我感覺到一股失望或是絕望的冷風，颼颼地四處吹刮起來。

有時我也會問著自己，你這樣深重的絕望感受，究竟是來自何處？你其實早早就不再相信救贖世界的可能，因此你選擇專注修築你城堡般的私密花園，有如修築自己的完美墓誌銘，不再去想像你一切作為的終極意義可能。你有如半途放棄一生行走路徑的修行者，自己就倉皇地決定從所有觀望者與追隨者的眼前，突然地隱藏消失去，像是倔強地堅持要讓他們感受到某種良知長久逝去的苦痛。

我還是會經常地回想著許多次在一起酒後，我帶著笑意酒意催促你寫一本真正的長篇小說，我總是說：「就去寫你的父親吧，你對他的懷恨、怨懟與愛，應該要真正去面對的吧！他這樣一生似乎無奈的自我墮落，因此也還招致你們一家人諸多的不幸事實，其實從來沒有遠離開你的內心底處，你應該要用小說呼喚他出來，讓你有機會和他真正的做一次對話吧。」

是的，就像伊凡與阿遼沙那樣的談著話，讓你有機會傾聽他述說出他所以必須遠行與消失的原因，以及他原本那對於生命的一切熱情，如何被命運澆淋濕透的過程。你應該像阿遼沙那樣，就是扮演著一位聆聽者的角色，有時在你聆聽他的話語時，插入你的簡短看法，有時也提出一些你的疑問，更多的時候就是安靜聆聽，以及觀察著他心靈為何的因此痛苦。

我幾乎感覺得到你的父親，多麼急切地想和你再次一起童時那樣去散步，去到你們曾經一起夜裡躺著聊天看星空的那座黑橋，讓一個因內在受苦而垂老的生命與一個純善潔淨的天真靈魂，可以再次面對面以及手牽手地，慢慢述說出來你們各自這一向的苦痛與悲哀吧。

我讀著：

關於大妹敏子，我約有十年未見到她，也沒有她的音信，當她在城市混生活時，她曾表示出懷恨母親和疏遠姊妹兄弟的感情，因為她送給愛哭寮的吳家做養女，在我們那段日日以甘薯針過活的時光。我曾承諾要把她贖回來。她在台北和一位美國軍士結婚後到美國去了，她從不直接和我們連絡，只是告訴她的少數朋友，再由那些朋友轉告我們。我祈願年歲能使她的心靈平靜，像二妹玉美一樣在那遙遠的國土裡幸福地生活。不論她現在成為哪一國籍的人，她永遠是我永不忘懷的親人，即使我再沒有機會見到她，但我心中永遠為她默默祝福。每想到我童年的玩伴大妹敏子，我就淚水奔流，心肚酸楚，因為對於她，我心中永遠懷著至深的愧疚，在我永不停息的心靈中，永遠難以平靜。

天使身在兩地

小說 8

我又一個人蹲坐在花園的草叢裡，彷彿相信只要日復一日做著這樣舉動，我就可以如願地成為眾花草的一部分，以及被這個三角花園終於的接納進來。通常在這樣蹲坐的時候，我會感覺不到外面世界的節奏與狀態，也就是說我會忽然與一切時空斷離開，就是自己沉浮在意識與記憶的漂流狀態裡，有如一只削瘦的小舟，完全自我鬆弛地讓大海吞抱自己。

有時我覺得我所以持續這樣做，其實也是想進入他當時的某些內在時空，那是我從來沒能真正明白的一種狀態。我可以意識得到那應該是透過放任自己的心靈與肉身去自在漂流，因此能與現實的時空，維持一種不必然連續的跳躍關係，有點像陽光穿過樹影灑落在地面上，那樣斑駁間斷的光影幻變景象。

畢竟，我必須承認我對於此刻的一切現實或過往記憶，我同樣無力去解讀或自我說明。而且，我已經漸漸不再輕易會去相信眼前發生的一切現實，究竟有著任何實際的存在意義，因此可以任其走馬燈般的隨意去上演。然而，不知為何，我卻還是會繼續依戀與憧憬著那些已然逝去的些微記憶，彷彿只要憑靠著片段記憶的暗示與敘述，我就可以讓過往時空的經歷狀態，再次降臨到我的眼前。

但我也明白其中最危險的，是我經常只擁有著能夠連結上逝去時空的一個小片段，譬如一只舊茶杯或一頁手寫筆記，就以為掌握了能夠掀揭開舞台簾幕的權力，而且甚至會自以為整齣完整戲劇的演出，也會在我手指輕鬆揮動間，按部就班全部一一展露眼前。也就是說，我經常會讓我初次看見這個小物件的興奮感，完全掩蓋掉對於真正全貌的認知意圖，譬如其實只是看見了一個山徑的入口指標，卻自以為已經知曉整個山脈的風景全貌。

我曾在什麼地方看過這樣的比喻，就是說：雖然飢餓必會讓人想到食物，但是飢餓依舊只是飢餓，永遠不會變成食物的本身。這正是我一直存有的困惑與問題所在，由於無法清楚分辨飢餓與食物的差別，因此總是徘徊遲疑在憧憬與本質的道路分歧口。

譬如，今天我看到一則新聞，說有一個年輕的日本男演員自殺了，我特地仔細閱讀研究他究竟是如何自殺的，報導說他選擇在自己的家裡上吊，幾天後才被朋友發現。其實我並不認識這名演員，但是在報導的照片裡，他笑得非常的單純開朗，像是那種一直努力要向世界證明自己絕對會奮發向上的好青年。他們並沒有說明他為什麼去自殺，也許這個世界根本不在乎這個，就是為何你終於決定不想活下去的原因，其實並沒有任何人真的在乎。因為這件事情根本並不需要知道，就像每個人早上一醒起來，本來就自動會去刷牙，也本來就有空氣可以呼吸，那樣的自然而然，不需要原因也沒有任何原因。

但是，這新聞會讓我立即想到另外不相干的兩件事情，一個是我曾經看過有人問自殺不成功的人：「你為什麼那時候會想到要去死呢？」那個人很平靜地回答說：「我從來沒有特別想到要去死這件事，我只是完全不想活下去，也非常害怕自己會一直這樣繼續活下去而已。」

另外，是在我童年的時候，我家對面底樓住了三代同居的人家，從我們在二樓的公寓窗口，可以看見他們吃晚飯的圓桌，還有客廳的沙發椅和電視座。那一對年輕的夫妻經常會吵架，嬰孩就一旁大聲啼哭起來，有著白髮的祖父或祖母，會立刻去安撫那個嬰兒，於是溫柔的聲音和爭吵的聲音，就交織成一種既是溫暖也尖銳的節奏。而且，這樣顯得日常慣習事情的發生順序，竟然也是一直同樣單調地日日重複著，幾乎完全一模一樣的重複演出，像看連續劇那樣讓人不覺間就接受進來，也不覺間就以為這是一種生活的必要節奏與習慣。

有一天，我聽到爸媽交耳說話，就是對面的那個阿公一大清晨起床，說是如常出門去運動，卻在後面的運動公園上吊了，完全並沒有留下遺書什麼的，也沒有人知道究竟發生了什麼。父親對母親說：「這個阿公到死還是很照顧著這個家的。」母親說：「你這是要怎麼說呢？這樣自殺成了冤魂，還是對大家不好的吧！」父親說：「究竟是不是冤魂，誰哪裡知道！我說的是即使他決定要上吊，還是會避開自己唯一的家，走去到運動公園的無人角落，自己孤獨在那樣荒涼的亂林裡死去。他心裡一定是到了最後一刻，還有在想著絕對不能死在家裡，免得要無辜拖累了一家人，甚至讓這房子以後會難轉手的啊。」母親就安靜地點著頭。

房子果然迅速無誤地轉賣出去，那一家人也忽然就消失出我們巷子的集體記憶之外。

這件事情同時讓我聯想起來年輕時我會常獨自流連的某個酒吧，我經常會喝到很醉的自己回家去。在某一個幾乎已無人出入的週間深夜，全吧台只剩我一人，而全店唯一的工作人員，已經開始清理打掃著桌椅地板，我知道這是暗示我不要耽誤他下班時間的訊號，雖然離他下班其實還有一點時間，但我已經打定主意喝完桌上這杯酒，就應該要結帳離開去。

這時候，厚重的木門忽然被推開來，路燈立刻隨著一個黑影撲進來，瞬間打亮有些暗黑的長條空間。然後，走進來一個顯然注重穿著品味的中年男子，他看起來已經喝了不少，先四下迅速地掃瞄過整個細長的酒吧，把目光停留在低頭掃地的吧台身上，就說：「你們這家酒吧還有半個多小時才收，那現在還可以點酒的，對吧？」然後，直直走到我的身邊，緊靠著我位子坐下來，轉頭對我笑笑說著：「帥哥，你好啊！」

我含蓄地點點頭，繼續喝著即將見底的酒。男子臉色赤紅精神奕奕，大聲吆喝點著他要的酒，然後又轉過來，對我說：「我可以請你喝最後一杯酒嗎？」我猶豫著不知如何回答時，他已經掏出一張千元鈔票往桌上一丟，對吧台說：

「大哥，今天可能耽誤你下班了，真不好意思，這個先給你當小費，請你多多的包涵一下了。然後，麻煩也順便給這位年輕朋友再添一杯，我今晚真的真的很不想一個人獨自喝酒的啊，哈哈哈！」

吧台收了桌上的錢，為我們各自送上酒後，立刻轉身去換上已經停止很久的音樂，然後笑著對男人說：「不急不急，喝酒本來興致最重要，你們兩個先聊天慢慢喝，完全不用擔心時間，真的沒有關係的。」我們後來又各自加點再喝了一杯，並且顯得完全自然而然地，我就隨著男人離開酒吧，並且走了幾個街廓，一起回到他在電梯頂層的小公寓。

我那時已經接近醉飲癱倒狀態，就立刻整個人趴上去他臥室的睡床，男人問我說你人還好嗎，要不要喝一杯水？我點點頭，同時表達即將嘔吐的可能，男人離走去又回來，先讓我喝了幾口水，我雙手抱著他同時攜來的塑膠臉盆，橫側著身軀讓頭臉朝向地板，難受地嘔吐了起來。男人並沒有理會我的狀態，只是在我身後自顧自地脫除他的衣褲，也同時把我的褲子迅速剝離下來，用手舉著我的雙腳挪擺移動我的軀體，好像在調整什麼家具的使用位置那樣，然後就整個人忽然伏趴的壓上來，在我才剛意識到他巨大身軀重量的存在時，他早已經逕行起他對我的慾望交媾動作。

我依舊間續地嘔吐著，並覺得自己像是一具在白熾太平間裡的死屍，任由某個值勤的洗屍人，冰冷無覺地翻弄處理著我的身軀，只能暗自希望這一切能盡快終了，讓我得以回去到我原本那雖然無趣、卻是規律的日常生活裡。隔日天一亮，我連沖洗身體都沒有，袖口衣襟還沾著嘔吐的殘渣，就自己悄悄離開了那個公寓，好像什麼事情都不曾發生過那樣，重新回去我原來的生活。

但是為什麼幼時那個不相干鄰家老人的上吊自殺，會讓我忽然想起來這段依舊讓我不舒服的陌生男人經驗，我並沒有完全清楚明白。確實，老人的臉會不斷浮現在我成長後的記憶裡，並讓我感覺到一種難名的哀痛，而這一個陌生男人的酒後顏面，卻從來就是一團泥濘模糊的陰影，我完全不會想去看清楚他長相容貌的究竟。

也許，這兩段有如夜裡閃電交叉即逝的記憶，其實一直就是兩把暗藏在我生命裡的匕首，從來沒有放棄它們可以隨時切割戳刺我的血肉，並讓我感覺到疼痛與害怕的權力。我有時會因此憎恨著記憶的存在，因為人們宣稱因記憶而獲得的一切甜蜜與溫暖，歸根究柢其實都只是假意的面具，真正包藏在記憶的內裡，絕對就只是惡意與無情。

我繼續一個人蹲坐在花園的草叢，也是那個讓我托身存在的時間和空間，彷彿一片白雲一樣的隨意飄來飄去，不往前去也不停留。然而就在這個時候，我忽然又看見消失已久的他，忽然從山壁裡面走了出來，就像陽光突然從雲堆裡現身，那樣輕巧無痕又自然而然。他就只是微笑著輕鬆走向我來，好像什麼事情都不曾發生過，此刻的一切都彷彿又完美地銜接回去我們過往的美好生活狀態。

我強忍著奔馳爆發的內裡情緒，忍住並沒有立刻質問著他：你究竟是去了哪裡呢？就只是用顯得囁嚅的語音，低聲說著：

「你看……你看我們這個花園裡的一切，都還是和過往一樣美好，一切都還是一樣的啊！」

他就環顧著這個他最是熟悉的花園，四下微笑地點著頭，像是和老朋友們重新敘舊打著招呼。我似乎感覺到每一株花草樹木，同時也微笑對他點著頭，一切都和往日一模一樣不曾改變。

然而，我這樣詫異地望著他此刻又忽然重新立在眼前，突然間完全不知道自己該說什麼，可是眼角卻透露出我的心事般，不爭氣地流出眼淚。他並沒有說什麼，就走過來靠著我坐著，問說：

「你怎麼了，為什麼哭了？我其實早看見你蹲坐在這裡很久了，你是有在自己想著什麼嗎？」

我就只是搖著頭，沒有回答什麼。

「真的沒有嗎？你不要再想想看你之前到底是在想著什麼嗎？我真的很想聽你告訴我，你究竟剛才心裡在想著什麼呢！」

「是嗎？你真的會想要聽這些嗎？」

「當然。」

我突然就想起來前陣子買的一本書，那是一本探討《卡拉馬助夫兄弟們》故事裡面的隱義的書。不知怎地，自從他突然消失之後，這樣艱澀題材的書，就忽然吸引了我，好像開始可以隱約聽得到什麼話語，想要對我的內裡作意圖傳述。然後，我尤其經常記起來在小說的後段裡，阿遼沙和伊凡兩兄弟的長篇冗長對話，像是隱藏著什麼奧義，總是讓我不覺墜落迷失其中。

尤其，是其中的一段對話，如此的誠懇坦白，叫我閱讀後痛心難以迴目。對話是這樣的，伊凡對阿遼沙講述一個孩子如何因大人而受苦的故事，他說到了一個發生的事情，就是一個八歲的農奴小男孩，不小心弄傷了地主的獵犬，於是「地主帶著大批獵犬與養犬人，在一個極寒冷的清晨，將小男孩拉到母親與僕人面前脫光衣服，然後地主喊著：『趕他跑。』養狗人立刻喊著：『快跑，快跑！』小男孩就驚嚇地朝著森林跑去，地主馬上就將所有獵犬放出去追他，在幾分鐘內小男孩連碎塊都沒剩下了。」

那個有如天使般潔淨無瑕的阿遼沙，在聽完哥哥伊凡的這些話語後，只是低下頭輕聲說：「——這是叛逆。」然後，阿遼沙似乎無力面對這樣幾近瘋狂的人間現實，只能對著天空祈禱說：「……請把我身上的意識熄滅，與此同時賦予我遺忘的能力，讓我重新和我來自的泥土混合吧。但如果我的意識沒有消失，那麼我還是想為我那些受盡折磨的孩子們哭泣，而不是直觀你的真理的勝利。我不想要安慰，我想要在我心裡的痛苦中，永遠分擔我毀滅的孩子的痛苦。」

他聽了我的敘述，就疑惑地笑起來說：「啊，你怎麼會變得這樣沉重啊！」

我說：「也沒有吧，只是最近正好看到的。」

「那你想不想知道我這段時間裡，到底去了哪裡呢？」

「當然想啊，但是……其實也有些不知道到底能不能問的啊？」

「當然可以問啊，因為根本也沒有很複雜的。就是我不是一直告訴你院子有個裂縫嗎？有一天我就忽然明白裂縫應該是在哪裡了，所以就立刻回家來，自己走進去那個裂縫的開口，而且順著裂縫後面的那條路，整整地走完了全部一圈後，一直到現在才回來的。」

「那你到底是走去到哪裡了呢？」

「其實也不是走了多遠，就只是才剛走進去那個開口的一段路後，就馬上會出現一個分岔口，一左一右的讓人可以去作選擇。而且，這是兩條有著完全不一樣盡頭終點的道路，走進去必然會有完全不同的體驗與感受。」

「是嗎？……那這兩條路你都走過了嗎？」

「沒有，因為我的時間不太夠，就先選擇了其中一條去走。」

「啊，你那時是怎麼去作這個選擇的呢？聽起來就像是一個可怕的決定，因為好像如果選錯了，就會得到什麼懲罰似的。畢竟，兩條路都看不見盡頭是什麼，也完全不知道究竟會發生什麼啊？」

「其實也沒有那樣可怕的，而且我本來就知道兩條路的過程風景是什麼，並沒有害怕和擔心的。」

「你還沒有去過，怎麼可能會知道呢？」

「知道風景是什麼，和有沒有真的去過那裡，並沒有必然的連結與矛盾的啊！」

「那你現在是打算要告訴我，你走完其中一條路的過程嗎？」

「不是，我是想要告訴你，我走過這兩條路的過程，因為我其實有些覺得自己好像同時走了兩條路，甚至無法判別究竟我真正走進去的是哪一條道路。也許，你可以先聽我說一次我所經歷過兩條路徑的敘述，然後你再決定要不要選擇其中一條，自己也去走走看看？」

「好啊，也許改天我們可以一起去走走那條你還沒有走過的路啊！」

「我可以陪你一起走，但是我也不確定究竟我沒走過的是哪一條路。」

「為什麼呢？」

「本來就是這樣的啊。而且，我的經歷就是我的經歷，你還是必須自己去選擇你的路的啊。」

「真的必須是這樣的嗎？……好吧。」

「那我現在就可以開始告訴你，這兩條路究竟存在著什麼事物了喔？」

「是的。」

第一條路徑，據說是為身體或心靈受過創傷的人，特別隱蔽闢建出來的，因此許多孤單的靈魂，就會不自主地選擇這條無人的路，一心想在這樣行走的過程裡，能尋得一些慰藉與治療。而這條路徑是如此艱辛，並且充斥著迷途與失蹤者的迴盪鬼魂，使得行走者經常在路途中，不自主地聽到各種哀嚎顫慄，並不得不聆聽每一個鬼魂身後，各自攜帶的歷史與傳說故事，以及隱藏其中的憤怒斥責與不平鳴叫。尤其，他們在敘述時的每一句話語，都像是從自己身上削下來的血肉，依舊跳動著溫熱生命的顫抖，並會在子夜變成病態憂鬱的寒冷風雨，威脅著你我因黑暗而生的懦弱膽怯，想要逼使你我顯露出來那絕望乞憐的哀泣。

然而，決心踏上這樣路途的那些殘病靈魂，無非是想迅速脫離開這個正在危害毒殺著他們生命的現實世界，也完全沒有真正的興趣與能力，去聆聽理解任何一位抑鬱的死者，過往所經歷的燒炙苦痛。但是儘管並不想要聆聽，這樣細碎呢喃的低頻聲音，卻一路沿著路徑纏繞迴響在行走者的雙耳深處，有如一不小心地踏踩並陷入到洞穴般的蜂窩裡，只能甘心承受許多密密交織尾針的毒液穿刺。

基本上，這條路途完全順著山丘蜿蜒起伏，並且每每在某些迴轉的路口，會讓你遠遠眺望到前方將臨的各樣風景，使得你的信心與力氣可以再次泉湧。甚且，還能在回眸顧盼的那個一瞬間，忽然感覺到逝去時光的重新顯現眼前，有如透過一個無名墳塚的莫名裂口，讓逝者所曾經歷過的那一片陽光，以及那一道溫柔的微風，以著奇詭也真實的面貌，再次籠罩住我此刻的全部感知。

確實，每一個行走者與崎嶇的路徑間，所存有某種神祕的施授攻防關係，不覺間會形成難分彼此的連結體，然後你會自然而然地開始與路徑說話，而且所有過往他者的傾訴與聆聽，終會與你編織成有如單一共體的旋律，完完全全分不出來究竟這是誰的聲音、那又是誰的苦痛哀嚎。我也同時知道我每次踏踩下去的每個步伐，都重疊著千萬個前人魂魄的行走腳印，我與他們的腳尖指向同樣某個去處，我們的靈魂鳴唱同樣的苦痛節奏。而且，你若是願意安靜下來傾聽，會發覺這一切其實已然相互共鳴成一首獨特的哀傷樂曲，有點像在努力吹擊中的鼓號樂隊，正演奏著勇敢邁向死亡戰場的歡樂進行曲，或者同時像是蕭瑟綿長的嗩吶獨奏樂音，一面似乎大聲地用來安慰著餘生者，一面輕巧地將死者送抵歸處的安魂曲。

是的，現在你應該明白我想說的意思了吧？也就是說，這其實是一條永遠無法自己到達終點的路徑，每一個決心選擇上路的人，都注定會死在路途中的某處，並成為那諸多含怨的鬼魂之一，並只能繼續向後面陸續上路的人，怨嘆自己半途而廢的坎坷命運，一心一意想藉機附身上這些路途者，好去繼續自己未竟的路程。

這些遊蕩的鬼魂，甚至有許多是我們都耳熟能詳也絕對尊敬的重要人物，當他們看到與自己心性相近的路途者，終於從眼前經過時，會興奮地發出有如狼嚎的哀鳴，並急切地衝上去傾訴自己的生命原委。那是一種因為長時獨處在孤單空寂裡，因此會急切尋求迴響的渴望，也是猶然相信著終點的必然存有，心靈終會得到滿注飽溢，不再虛空哀嚎的內在願想。

然後，你問我在路途中，究竟是否有遇到了誰、以及交談了誰嗎？我無意揭露這些人的面目與心事，他們的存在事實與命運顛簸，早也已經詳細地寫在他們各自的創作裡。你不如回去看看你架上的書籍，你會驚訝地發現原來這樣簡單的反覆事實，根本早已經一直敘述在許多人的書冊裡面，完全並不是什麼神祕難懂的玄機奧祕，也不是我自己蓄意虛構的嚇人情節。

譬如，那本由高俊宏所寫的《小說》書冊，在二四五頁到二四六頁之間，有一段故事叫作「大古湖灣」，他是這樣書寫著一個路途者的呢喃：

不久，巴力克親眼目睹妻子的頭顱被清軍壓破，隨後清軍強迫他灌食鴉片，在第一把刀割過他的胸膛不久後，精神與肉體雙重痛苦，使他產生更為巨大的幻影。浮在眼前的，是僅存在於父執輩耳語中，他從未看過的熱帶平原傳說。那是一個叫做 Takofowan 的地方。傳說中，祖先居住的大古湖灣，意思是「好像在陸地中的大湖」。

巴力克的幻覺朦朧地流竄在這片「好像在陸地中的大湖」的大古湖灣上。這個大湖，其實指的就是海。一片三面被陸地所包圍的內海、被熱帶陽光照耀所翻騰的內海，像夏日正午豔陽下寂靜的東石漁港。水面上，狂亂飛躍著無數蚊蠅的內海；水底下，居住著無數野生烏魚、牡蠣的內海；水岸邊，偶爾漂盪著椰子殼以及一兩顆來自於不知名部落、被梟首的頭顱的內海。整個大古湖灣的場景，開展在巴力克生命中最後一刻幻覺裡，隨著他胸膛的肉被一片一片地削下來，那些無名的、熱帶海洋的夢，霎時之間變得真實了起來。

他們的身世就是戰敗者，從不曾中斷、接踵的戰爭下產生的挫敗者，戰爭最擅長的事就是製造戰敗者。在這座島嶼上，巴力克和他的祖先都是以戰敗者的角色到處流離著，自從某一天，荷蘭艦隊開入台員港，占領了大古湖灣，將祖先們從內海驅逐到內陸平原，他們戰敗了，加入北頭洋一帶的蕭壠社。一六三五年，在一場後世稱之為「聖誕夜之役」中，北頭洋一帶的蕭壠社又再度被荷蘭人擊潰了。連帶著，巴力克的祖先又再次因為戰敗而流離。有些人長途跋涉、披星戴月地翻越寒冷無比的奇萊山，流離到現今的奇萊平原。有些人則因為過度疲累，倒在黯淡的平原夜色之中。「你知道你們都會死嗎？」在攀越滿布脆弱頁岩的黑色奇萊時，空谷裡傳來一陣聲音，祖先們都聽到了。

經歷幾個小時的凌遲，巴力克慢慢死去。也許，他的幽靈終將化為一股無盡的思念，轉世進入了帝瓦伊・撒耘，也就是前太巴塱國小李來旺的身軀，在一百二十八年以來一整個「說錯方向」的自我歷史裡面，重新運用了帝國的官僚制度，在敵人體內植入一種錯覺式的肯認系統，讓撒奇萊雅從戰敗者的身世中重新復活。

這是你書架上的書，你也許根本沒有讀過這段文字，也許你讀過又忘了，但其實都沒有關係。就像是我在整個路途的過程裡，所看過的無數鬼魂與聽到他們的各種故事，有些我現在還仍然記得，有些我也完全忘記了。而且，最終這並沒有什麼差別的，就好像你和我也一樣終究會被忘記，沒有什麼好驚訝或嘆息的。

畢竟，這是一條注定沒有終點的路途，我能對你敘述的，都只是一些片段零星的偶發事件，而且我終於會因此明白，透過這些擾人的魂魄與他們的悲慘故事，我似乎逐漸被引入到一個遼闊無邊的歷史時空裡，我與他們在那裡頻頻錯身難分彼此。而在這個同時間裡，我也赫然明白這樣的路徑過程，其實正在同時間地向內穿梭進入到我最私密的內裡，一層一層地撥開我從來陰暗幽微的自我面貌。

當我忽然理解到這個事實的那個瞬間，我就知道已然可以終止這條路徑的探索，並且明白我必須立刻回程來找你，因為不管是對於自我以及終點的真正探索揭發，其實唯有經由與你的交談與合一，以及認真梳理起我們長時存有的矛盾與爭執，才得以真正完成路徑的行走可能啊！

所以，我立刻轉向回程路途，不再眷戀於鬼魂的夢魘故事，或是抵達終點的虛妄驕傲，甘心逆向地回返走著，甚至要避開其他前行者的眼光，任由他們以失敗者或懦弱者的稱呼，來揶揄取笑我的低頭與疾行姿態。

「所以，我現在又重新回到這裡了。」他望著我說。

我還震驚在他這樣恍如煉獄行程的奇幻描述裡，幾乎無法說出什麼話語。終於，我只能結巴含糊地說：「可是……可是，你不是也有走上了另外的一條路了嗎？」

「是啊，是啊。雖然我記得很清楚，當時在分岔的路口前，我確實選擇了其中的一條路，可是當我愈是走下去，愈是明白我同時也在走著另一條路徑。也就是說，不知道為什麼，我同時在走著兩條路徑，也看見了兩個完全不同的風景。」

「怎麼會有這種事情呢？」

「我也不知道為何會如此。但是，原因是什麼並不重要吧，……那你現在想聽我在另一條路途的敘述嗎？」

「當然當然，我當然非常的好奇的啊。」

「好啊，只是這一段路的經歷，幾乎就像是夢境一樣。你如果預備好了，那我就開始說了……」

「好的。」

這條路從一啟始，就像是獨自走在夢境裡的感覺，一切都是如此的熟悉、又是如此的陌生，尤其所見的草木一切，是如此的平常重複，我差點以為我是與你走在我們家附近的溪邊小徑。也因此，我特別的放鬆心情，如同我們日常黃昏時的散步，沒有什麼目的與思索，就是讓那些已然熟稔的事物，再一次從我的眼底流轉過去，幾乎沒有什麼特別的感應與知覺。

然後，我注意到小徑愈來愈細小，兩邊的枝葉草花也逐漸變得陌生起來，好像自己不小心走入到別人的花園裡了。我小心翼翼地走著，警覺到自己彷彿正在走向什麼未知的神祕終點，然後我看見小徑的中央，有一尾細細的青蛇，昂頭挺立朝我望著，彷彿奉命據守著什麼關卡，不讓我輕易走過去。

我完全不知該如何對應，就只是立在那裡和青蛇對望，感覺時間一分一秒消失去。然後，我見到路邊有一棵分岔成兩條枝幹的大樹，獨立巍峨地站立在那裡，從主幹分岔出來的兩條樹木枝幹，像是本來就已經獨立優美的兩棵樹，卻又彷彿因為什麼約定好的承諾，此刻兄弟一樣手把手地並立在那裡，有如那最可以依恃信任的森林護衛者。然後，從那些濃鬱交疊的樹蔭裡，突然發出來千百個鳥隻的齊聲鳴叫聲音，彷彿夏日午後突然就襲來的傾盆大雨，沒有任何預告卻也全然及時地，叮叮咚咚催促著青蛇的立即倉皇離去。

我於是繼續順著路徑走去，在經過那棵美麗巨大的分岔樹時，我還特意去雙手合十致意，並抬頭尋找鳥群的蹤影，卻什麼也見不到，只看到層層枝葉在微風的吹拂下，一邊發出沙沙沙的愉悅聲響，也一邊搖擺著曼妙的節奏體態。然後，我注意到右邊樹幹的最上端，有一大片異於其他濃綠顏色的枝葉團塊，顯露出來天空般亮麗的青藍色澤，像是一塊閃閃發光的巨大勳章，不斷在藍天的背景下閃耀著。

而且，就在我正忘神凝看的時候，這整片一直微微晃動的青藍樹蔭勳章，忽然就嘩地發出一聲巨響，飛起來千百隻小巧的青色翠鳥，有如一大團青碧色雲朵的突然成形，朝著路徑遠處飄飛遠去，迅速消失出我的眼界。

我聆聽著那似乎依舊迴繞在前方的鳥鳴聲，自己繼續蜿蜒往著小徑的上坡逐漸走去，感覺到呼吸的急促與艱辛，開始問著自己為何會堅持地繼續走下去這一條路徑？我究竟是真有想要走去到哪裡嗎？忽然，想起來一個我從幼小時就會斷續反覆出現的夢境，那是一個並無人曾經到達過的潔淨水域，湖面有如一缽清澄碧綠的明鏡，十分隱密輕巧地停駐在最是高遠處的山頂，那裡的天空永遠飄盪著悠緩無際的白雲，湖畔的空曠平地滿布著青草地與鮮花，邀請山羌和鳥隻日夜徜徉來去覓食喝水。

「是的，那是一個既是聖潔又是美麗的湖畔，是我從來就想要依歸安息的所在啊！」我再次告訴自己，提起腳步繼續走前去。

這時候，我感覺原本雙腳所牢牢依存的土地，開始發出奇怪的細碎聲響，然後我見到四圍的大山開始搖晃起來，像是一個大地震的突然來臨，所有事物都忽然天旋地轉起來，山壁還會突然射出駭人火光。我只能閉起眼睛祈求神明護持，感覺整個世界的動搖旋轉。不知道過了多久，忽然又感覺四周逐漸沉靜下來，所有聲音慢慢地消失去，我終於膽敢睜開眼睛四望，發現眼前所見一切生息運作如常，並無一物歪倒傾斜，好像什麼事情都不曾發生過，只是四下的景物生靈，霎時間顯露出離奇的寂靜，彷彿大地以及林木萬物，都在屏息等著什麼幽靈的終於現身。

我告訴自己必須冷靜下來，絕對不要驚慌害怕，然後見到從四圍密林裡，逐漸滲出來濃稠的灰白色霧氣，把眼前的一切事物，全部一一吞噬覆蓋過去，甚至連我自己的手指頭，我都逐漸無法看得清楚，更是無法決定再來如何舉步前行，就只能陷在這片灰霧的泥沼困境裡，完全動彈不得。

然後，有一道白光從上方照射下來，像是有人持著巨大手電筒，一步一步照亮著我每一個前行步伐，為我引路穿走出濃霧。就這樣，我彷彿有人在扶持帶領、亦步亦趨地重新看見光明的天空顯現，同時發現到自己竟然已經站立在一個深遠懸崖的邊緣。這時，在我的眼前是一座浩瀚寬闊、深不見底的山谷，同時還依稀可以看見對岸惚恍景象的輪廓模樣，感覺那裡正被溫暖祥和的雲彩籠罩住，所有的生靈似乎能安於其所的往來共存，沒有任何非分與圖謀之想，就只是全然自在的相互遊蕩其中。

這時候，我就忽然地想到你，我感覺到你此刻對我的殷殷召喚，有如母親在黃昏時，會呼叫我返家共食的聲響，咿喔喔地迴盪在耳畔。但是，在你這樣的溫暖呼喚裡，同時透露著某種急切與擔憂，召喚著我立刻返回與你相聚首。然而，我立在這樣的山巔回望，發覺我們所曾經共有的現實一切，竟然都顯得如此的微不足道，讓我萌生起想要回去攜你一起出走，共同步上這條放逐路途的念頭。尤其，當我舉目望向懸崖前方與左右，彷彿可以看見你我過往生命的片段閃現，甚至還可以預見到我們未來日子的起伏顛簸，都紛紛逕自無懼從我眼前走馬燈流轉過去，雲霧般逝去又顯身、顯身又逝去。

我這樣兀自長久地獨自立在懸崖上，前方的山谷阻止我的前行路徑，回頭返家也令我躊躇難安，只能看著日頭逐漸沉落入山谷底，一切事物即將被無邊的黑暗與寒冷，所全然地覆蓋與籠罩。這時候，我見到一隻巨大的金色老鷹，低空盤旋飛翔在我的頭頂正上方，一片片的羽毛閃爍著美麗耀目的金色光澤，並且不時地發出尖銳鳴叫聲，像是想邀請並攜帶我飛翔去到哪裡。

我抬頭表示願意以及感謝心意，金色老鷹立刻有如一陣旋風，從頭頂高處飛衝下來，並用雙爪抓住我的兩個臂膀，同時發出像是在回應遠方訊號的三次鳴叫聲，就直接上昇竄入濃稠的天空雲霧裡，我也彷彿立即進入到忘我的睡眠狀態裡。等我再次醒過來時，已經身在一個小溪旁的草地上，四周環圍著低矮的樹林和坡地，而籠罩山谷的鳥叫蟲鳴和諧樂音，彷彿告訴我此地一向的平靜安好，隨後陸續現身出來的各種生靈萬物，也都友善歡迎著我得以平安到來的事實。

我意識到自己肢體的勞頓疲倦，亟盼能夠得到一夜的好眠。然而，才剛想躺身下來的我，卻立刻被滿天明亮星辰所吸引，這些星辰各自散發出柔和明亮的光芒，讓我不覺得深夜的漫長無盡與幽暗恐怖，也完全沒有白日太陽會炙熱刺目的躁動難安，彷彿幼時得以睡在母親懷抱的溫馨甜蜜。

我躺在草地上，想起柏拉圖曾經說過：「人的靈魂來自星辰，死後靈魂必須向星辰回歸。」而這樣莫名的忽起念頭讓我覺得心安，彷彿許多愛我的生靈，即將與我一起共眠入夢。而且，就在我困倦閉闔上沉重的眼簾時，我忽然看見無數的旋轉光靈，在四圍和諧歌聲的陪伴下，精靈般環繞我疲倦的身軀心靈，一整夜不停歇地舞蹈到天明、一夜舞蹈到天明。

清晨的第一道光線出現時，我立刻被喚醒起來，覺得精神煥發有如初生的嬰兒，我先收集草葉上的露水清洗臉面，並踏踩著昨夜火堆的餘燼，用以潔淨濾清我的身心。然後，前方有兩個近乎透明的輕盈天使，忽然優雅舒緩地飄落下來，我清楚地見到那些破曉清晨的幽微光線，完全能直接穿射過天使的透明身軀，因此即令他們就是站立在我的眼前不遠，天使的真實面貌依舊顯得撲朔難明。

這兩個天使告訴我，現在還不是你應該到來的時候，你先不要停留這裡，還是立刻就不要回頭地轉身回去吧。他們說：「你就先轉頭啟程回航去吧，不要意圖隨著我們划向雲霧大海，那裡的波濤洶湧而且漩渦處處，你如果沒有跟上我們的腳步，就會立刻迷途並墜落下去的。」

我望著兩位美麗的天使，茫然地點著頭。這時昨夜環繞我睡夢的那些細小光靈，紛紛投射流竄向天使的身軀，結合成一個熾熱光體，同時間迅速地一起消失去，並且發出嗶嗶剝剝的聲音，有如一顆炙燒的太陽發出強光四射出來。我此時還努力想要看清楚天使的顏面身軀，剎時卻有如失明般什麼都看不見，而我愈是慌張想睜眼去看清楚，愈是只能見到白茫茫的一片亮光，其他事物都完全消失去。然後，我感覺到在我的四周與身上，有著彷彿是天使灑落下來的各種顏色的紛紛花瓣，將我籠罩在一片濃郁芳香的氣味裡。

忽然間，我意識到原來我過往與未來的一切念頭，都是無法對天使隱瞞，所有的掩蓋與矯飾，都終將在與天使面對相望時，逐一地解體融化並消失去。

此時，一條直直淌流下來的閃亮光河，優雅地橫陳出現在我的眼前，並且逐漸彎繞成一個圓形湖泊，從湖心升起來一朵巨大無比的玫瑰花，緩緩地朝向著我這裡漂流過來。我立刻以迎接什麼盛宴的心情，自在地慢慢走靠過去。然後，我努力地望向花朵的最深處，在那一瓣一瓣相互交疊的迷宮中央，我再次看見你最是熟悉的面容，安然無恙地存在那個最深遠的花園內裡，對我如常也舊昔那樣的永恆微笑著。

「然後，我就重新回到我們自己的花園，並且看見你一人蹲坐在這裡。」

他望著我說。

「我還是沒有完全懂得你選擇這樣獨自走入山林小徑，究竟是為了什麼？但是，我在聆聽你敘述這一切的時候，確實有著羨慕的心情，我似乎可以聽到我的內心裡，一直隨著你的話語，同時怦怦地跳響著。」

我慢慢地站立了起來。

他望著我，問說：「那你要不要現在就和我一起走入這片山林裡呢？」

「可以啊。但是，你不是才剛去過的嗎？」

「沒有問題，我還是很想再去一次的。」

「為什麼呢？」

「我相信每一次走進去這條山林的路徑，都會看到不一樣的風景的。」

「可是，現在日頭已經開始暗下去，馬上就會天黑了啊！」

「放輕鬆，就像我們不總是會在黃昏時去溪邊散步，沒有什麼好擔心天黑的。」

「真的是這樣的嗎？」我遲疑地回望籠罩在金黃色暮光裡，顯得陰暗沉重的屋子，遲疑想著不知道是不是該現在就隨著他，一起走入他所描述的那兩條路徑裡。我認真再次看著我們兩人長久居住的屋子，許多共同生活的記憶輪流湧現眼前，一切彷彿都距離遙遠了。

然而，我也注意到自從他離去後，這段時間缺乏照料的屋子，竟然顯露出斑剝的老態，甚至讓我有些覺得疏遠陌生起來。就說：

「屋子都老壞了……」

「是啊，你看那個角落的裂縫，真的是愈來愈大了啊……」他用手臂指著屋子的一角。我想起來他最早那時宣稱家裡有裂縫的事情，隨著他伸手的方向望去，果然見到屋子此時出現一道有如什麼印記般的明顯巨大裂痕。

「啊，怎麼會這樣呢？可是……，我為什麼從來都看不見這道裂痕的存在呢？」我說著。

他並沒有理會我，繼續說著：「你注意去看，其實屋子根本就是傾斜著的，也就是有一邊的基腳，不知道為什麼一直慢慢在沉陷下去，所以房子的身軀，才會被拉扯出來這樣的裂痕的啊！」

「是這樣的嗎？」

「是的，就是這樣的。我不是一直有在提醒你的嗎？」

「啊……，我一直以為那只是你自己的幻覺呢！」

「沒有關係的，這些現在都不重要了。……你準備好要出發了嗎？」

「我都準備好了。現在就走嗎？」

「是啊。」

我再次望向我們曾經共同生活的家，明白必須相互告別的時候，終於還是最後到臨了。我點了點頭說：「好吧，我們走吧！」

這時候，我忽然憶起了那個經典劇目《羅密歐與朱麗葉》中，最後一幕的真假死亡交錯的悲劇。也就是人人皆知的那段故事：羅密歐因殺死了朱麗葉的表哥而流亡，朱麗葉為了抗拒父母強加的婚姻，選擇服用能讓人昏睡的藥水，造成已經死亡的假象，卻發現羅密歐誤以為自己已死，竟然在一旁真正自盡，最終雙雙殉情而死的結局。

我想到你昏迷不醒的那一個月，我其實不斷想到你其實已然死去的事實，絲毫沒有想到你可能只是如朱麗葉一樣，藉由假死來掩飾你真正的目的，其實只是用來斷絕世人對你意想去往的所在，可能有著的阻撓與作對。我猜想你會如此曲折安排的用意，應該就是想要自己先行去探看那個花園何在，然後回來攜我相伴一起啟程前往的吧。

而我就有如陷入迷宮的羅密歐般完全不知道你的用意所在，誤以為那就是我們命運的必然答案與終點。那時候我的絕望感受如此巨大，我感覺自己有如正是被戰爭、災難或什麼奇怪的瘟疫，所嚴厲地揀選出來以受懲罰的受難者。我甚至想像自己正被困在無人的牢籠暗室裡，他們不僅剝除了我的所有衣物，也用鄙視訕笑的語氣，直接撕扯下來那有如我們盟誓證物的金戒指與金項鍊，並毫不憐惜地直接擲入到充滿穢物的陰溝裡。

我那時預感在隔日的一天明，他們必將對我施加最後的凌遲處決，便選擇以著最平靜聖潔的心情入夢，希望能在最後的這個睡夢裡，呼喚出來你的顯身陪伴。我希望在這樣全然屬於你我的一夜，我能夠再次擁抱著你在我的懷裡，感覺得你有如初生嬰兒那樣甜美沁人的溫度與香氣，然後用我全部的溫暖身心護衛你，讓你我在這最後的一夜裡，能得到全然無懼的睡眠和美夢。

我本來心存悲觀想像的結局，是以為我們將重蹈那一對戀人的結局，就是在全部人類心靈都哀嘆落淚的哭喊聲中，各自都服下去那瓶根本不該出現來的毒藥。我以為這就是我們必然的命定結局，像是莎士比亞早在五百年前預告的那樣，讓世人只能從此不斷反覆地重看著這齣悲劇，與流淚宣稱這是一種共同的宿命經典以及懊悔記憶。

我完全沒有想到你此刻會這樣地突然重返來見我，並且告訴我你其實已經找到前往花園的路徑了。或許你這樣的話語與描述，對他人全是虛妄與幻夢，但我當然願意相信你對我所說的一切，我也明白我因此棄絕這一切房舍與財物的毫不足惜，因為這就有如拋開那毒害了羅密歐與朱麗葉的藥水，讓我們才能有機會重新天真地醒過來，回到一個沒有憎恨與誤解的世界。

所以，你的瀕死正就是我的救贖所在，你的迷途也是為了能夠引我上路，你的屢屢自高處墜落，只是想探測深淵的盡頭何在。你必須與惡夢夜夜為伍，是因為那就是啟開明耀華麗舞台的沉重簾幕，有如漫漫長夜不知邊際的何在，是挖礦者對隱身金塊即將破土的永不放棄，是所有惡夢對於黎明那道金色光束的恐懼與持恆盼望。你於是知道這一切皆無可迴避，是一齣必須以肉身親走入的悲喜劇，沿途的毒藥與玫瑰花永遠併陳難分彼此，而你必須以優美舞步穿過充斥著墳塚的荒原，那是所有害怕著死後還必會復生者的暫時避難處，而且那傳說中芳草連綿的水源地，就是暗藏在這些失去信仰者的行進行列中。

我再次聽到你說：「現在就走了嗎？」

我點了點頭，說：「好吧，我們走吧！」

那個山壁坡崁的圓洞，這時漫起了輕柔的薄霧，以及邀請般的柔和白光，我隨著他走進去弧彎的隧道裡面，感覺到身心都被溫暖放鬆的氣息籠罩，乾淨舒服的空氣滲入心肺。而且，在隧道的盡頭遠處，隱隱有著明亮的什麼事物，彷彿在等待與召喚我。我覺得安心也篤定，一切就像是再次一起走上我們平日的散步路徑，萬事萬物都將如我們所料的，平靜安詳地等待著我們，而且所見與所聽的一切生靈，也都歡欣迎接著驚喜愉悅的我們。

我再次回望我們已經告別的三角形花園，驚訝地發現此時已經幻化成一個藍色的湖泊，像是阻斷了我們與來處世界的連結。我指著湖泊，對你欣喜地說：「你看那個湖泊！」你微微笑著，說：「我們走吧。」

沒多久，我們就走出隧道，立刻看到左手邊有個不大不小的水潭，水中央是一座布滿及膝綠草的獨立小島，遠處則是起伏的山坡林地，環著水潭繞走著一條剛好足夠兩人並行的土徑。一切都顯得非常的祥和無爭，卻又如此的熟悉與親切，甚至有步入童年記憶某處的錯覺。

我不禁問著：「為什麼眼前這個景象，讓我彷彿是如此的熟悉、又同時覺得如此的陌生呢？」

他就回頭笑著說：「因為這就是我們慣常散步的溪邊小徑啊，你怎麼現在還會這麼傻，竟然都認不出來了呢？」

「是嗎……真的是嗎？可是，可是……為什麼又不是全然一模一樣的感覺呢？」

「那是因為我們現在看到的景象，其實是這條我們常常走過的散步路徑，在過往、現在以及未來，所相互交疊起來的整體樣子啊！」

「哪有這種事情，你是故意戲弄我吧？你故意帶我來到一條類似的小徑，騙我相信這就是我們日日散步的路徑，對吧？」

「當然不是啊。不然……你看前面那個山頂電塔的水泥台座上，那個當時被人突然畫上去的巨大台灣藍鵲，你還會認不出來嗎？而且，我記得你每一次經過，都是要生氣嫌棄這隻藍鵲的突兀醜惡，不是嗎？」

我看著那隻被人塗鴉上去的台灣藍鵲，確實就是那個原本乾淨單純的灰色水泥台座，有一天就被人塗上濃豔的巨大藍鵲圖案，惹我生氣了好多日。在這同時，我聽到有鳥禽鳴叫的聲音，轉頭看向平靜的水面，是一對優游自在的白鴨，旁若無人的徜徉來去。

我驚訝地問著他：「你看那兩隻大白鴨，怎麼忽然又回來了，牠們不是消失很久了嗎？」

「是啊，你那時先是生氣又擔心，認為必是有人夜裡捕食了牠們，後來你又懷疑說，大概是被總是在天空盤旋不去的大冠鷲獵食去的。但是，其實我們都知道那些大冠鷲，根本抓不了這麼胖碩成熟的大鴨子的，通常只會去捕食蛇和魚，所以才會同時被叫作蛇鷹的啊。」

「是的，我記得你對我說明過這些。但是，……牠們那時的突然消失去，一直讓我覺得很哀傷的啊，牠們真的又回來了嗎？還有……，如果這就是我們熟悉的那條散步路徑，為什麼卻不能和我的記憶全然吻合呢？」

「哈哈，記憶從來就是不可靠的，你還是就相信你現在的所見所感吧！」

「真的必須這樣的嗎？」

他就默默點著頭，沒有說什麼。

「那這個水潭，真的就是我們熟悉的那個五分埤嗎？」

「是啊，這就是我們天天散步經過的那個熟悉的五分埤啊！」

我們繼續走過步道右邊一個小巧的蓮花池，這時開出來幾株黃色和粉紅色的花朵，我記得許多年前豎立在一旁的小告示牌，說明這裡已被選為螢火蟲的草相復育地，要大家注意不要去干擾與破壞這個環境，但是我從來就沒有見到螢火蟲出現過。

「這是騙人的吧，根本完全沒有看見過螢火蟲出現的啊！」我重複著過往賭氣時的說法。

「螢火蟲很挑環境的，而且牠們只在夜裡出現，我們當然見不到的啊。」

他顯得淡定地說著，繼續沿著小徑走去。

我意識到我和他對事物的認知，總是有著些微的差異。這經常會讓我莫名地心生沮喪，尤其我總是只能依循著知識的教導，來認知解釋這個世界，他卻似乎能知道許多事物的原本存在狀態，他譬如就像是那些生活在山林裡的人，其實都知道把翠鳥叫做魚狗，也明白這才是牠們真正該有的名字，卻總是只有我一直不知道。

我有些不想說話，就快走幾步，一個人獨自向前走著，突然聽到身後傳來口哨聲音，是他哼吹起我們都喜歡的歌曲，是那首顯得古老的〈可愛的花蕊〉。過往的時候，我們傍晚並肩坐在後院的長廊上，經常聽著那一張吳晉淮的黑膠樂音，從屋裡迴轉傳出來，完全沉溺在時空與感情交織的滿足狀態，往往要到天空全都黑下去，才捨得起身回屋子。

「走慢一點，先等我一下……」他忽然喊著，快步穿走過我的身前。

我們都知道只要穿過前面的白馬橋，就是開始要蜿蜒往山林的路徑，他會記得堅持要先攀折一根樹枝，拿在手裡「好用來嚇嚇那些突然從農舍裡竄出來的狗隻。」那是因為我們有一次被三隻黑犬包圍吠叫，幸好農舍主人最後出來解圍，從此他就一定會準備一段樹枝在手裡。

他一如往常手拿樹枝安靜走在我的前面，讓我感覺得熟悉與心安。然而，望著他此刻顯得異常削瘦的身軀，在相對過於寬大的衣褲裡，有些令人難受地晃蕩著，我突然意識到他早先的身體突然敗壞，以及因此去住院急救的事實。

我就提起聲音說：

「不要走得太快了，你不是不久之前，才從醫院出來的嗎？走慢一點……我們先慢慢走，完全不用急的，慢一點沒有關係的啊。」

「對喔，差點忘記我其實還是個病人了。哈哈，你看看我身上的這些傷口疤痕，現在都還看得到的呢！」他停下腳步，要我去看他的疤痕印記。

那是當時他們找不到病原，懷疑腦部可能有病毒感染，就剃光他的頭髮，以便從腦子取出一些切片做化驗，頭部左右因此各切出一個小口來，另外喉嚨也有一個大切口，並且整日插著一個塑膠管子，不斷冒出濃稠的白痰。這一切顯得殘酷的醫病痕跡，我自然都還完全清楚地記憶著。但是，我現在完全不想再去回看這一切，就轉頭避開對疤痕的注視，只是說：

「你剛才走路時，哼的是吳晉淮的〈可愛的花蕊〉吧，真的是太好聽了。而且，你知道你在醫院昏迷的一整個月，我幾乎天天都會特別放一次這首歌，來給你聽的呢！」

「是啊，謝謝你，我當然完全記得的。還有，我也知道你還會唸我喜歡的里爾克，每天給我聽的啊！」

「你真的有聽到這些歌曲和詩句嗎？而且……你也真的還可以記得這一切嗎？」

「當然記得啊！」

「那……你可以告訴我，你為什麼那時會突然就病了，而且還幾乎是在一瞬間，就忽然病得這麼嚴重的呢？」

「應該就是自然而然的吧！聽起來有點奇怪，但是也可以這樣說，就像是天空不可能永遠是藍天光亮，雲霧總會慢慢聚集來，如果累積多起來到了一個程度時，自然要下起雨的啊！」

「但是，下雨是必要的，也是對萬物都好的啊！」

「哈哈，雨水有時也會淹起來的，讓人覺得害怕起來，其實生病也是一樣的吧。」

「但是……但是，你那時整個人昏迷了一個月，你那時究竟去了哪裡？」

「我其實並沒有一刻離開你，但是其實……我其實在那個同時間，也獨自去到了我想去的地方。」

「就是我們現在要去的地方嗎？」

「對啊。而且，那個岔路口就在前面不遠的地方了。」

然後，他忽然停下腳步，指著漂浮水面一尾翻著白肚的魚隻，看著我說：「你還記得那次颱風過後，整條小溪裡浮滿了死魚的事情嗎？」

是的，那次颱風離開後，我和他走回這條溪邊，內心擔心著一夜風雨後，花樹草葉是否無恙。卻發現已經溢出溪溝邊緣，瀰漫淹沒步道的溪水，不僅從山林沖下來許多枝葉浮木，還夾雜漂浮著成群的翻白死魚。他轉頭生氣地對我說：「這必是那個入冬就四處招攬遊客的觀光橘子園，又再次在滿園子的噴灑了農藥，並且昨夜就讓大雨把農藥都沖進溪流，毒死這些不知情的可憐游魚。」

我們都不知道如何應對這樣的實情，甚至由於知道近來還興起流行的現採草莓，讓許多塑膠溫室迅速在上游的小徑旁搭建起來，預見必然也會大量施加農藥，並傷害到這條小溪的生命。我和他顯得憂慮也沉鬱地走著，都不想再去提起這件事情。

我就問著：「我們就快要到岔路口了吧，亞茲別？」

他回頭看我，露出驚訝的表情：「你為什麼叫我亞茲別？那不是我年輕時的稱呼嗎？你已經很久沒有這樣叫我了。」

「我知道。我只是忽然覺得你又是亞茲別了，你又是那個我所熟悉的孤獨倔強的亞茲別了。」

「我以前真是既自負也自棄，真的是一個彆扭的人啊！」

「並不會的，我其實反而常常會懷念起那時的你呢！」

「為何呢？」

「那時的你，確切真實得有如一顆頑石，無人可以撼動你。後來你逐漸地學會隱忍退讓，讓現實考量瀰漫覆蓋掉你的內在心靈，於是你就開始有如這條溪裡的魚隻，不覺間被兩岸噴灑的農藥，逐漸滲入溪水裡的毒害了，並且終於這樣的生病了啊！」

「你覺得一切就是這樣發生來的嗎？」

「是的，我們就只是眼睜睜地看著這一切逐一地發生過來，卻從來什麼也沒做、什麼也不會做啊！」

「所以，我們現在才只能這樣子繼續向著溪流的上游走去，並且相信那裡還是有乾淨的樂園土地的嗎？」

「我覺得應該是這樣的。但是，你不是說你上次幾乎就走到那個樂園淨土了嗎。」

「是的。」

「那麼岔路口就快到了吧，亞茲別？」我又問著。

「是的，就在前方的轉角處。」

最後的這段路徑，要先跨過一段石橋，走上去坡岸的石階，然後路徑突然有一個急速的轉彎，眼前就現出來兩條分岔開的小路。此時，我忽然有些覺得喘不過來，急急呼著氣稍作休息，亞茲別微笑望著我，說：

「從這裡開始，我們就要分開各自走了。你先來選一條你想要自己去走的路徑吧？」

「亞茲別，你覺得我應該要走哪一條路徑呢？」

「就相信你的直覺吧！」

分岔開來的兩條路徑，一條穿入右側濃郁幽黯的林木裡，另外一條則順著左邊的山谷，緩慢開闊地行走下去。這時天空十分明亮清澈，悅耳的鳥鳴籠罩在我們的四周，時間都忽然靜止下來。

「那我們還會再次相遇嗎，亞茲別？」

「一定會的，如果我們都堅持走到終點的話。」

「那你會在我覺得路途艱辛的時候，走過來我身邊安慰探照我嗎？」

「當然。而且你一定要記得，我們其實從來並沒有一刻分開過的，我時時刻刻都會是在你的身邊的啊！」

「那為何我們現在必須分開，並各自走入這樣的兩條路徑呢？」

「沒有什麼原因，本來就是必須這樣的。」

「那我如何能知道你真的就是一直存在我的身邊呢？」

「很簡單啊，當你希望我出現在你身邊的時候，你就認真地去祈求天使的顯身。因為，你知道唯有最純淨的天使，可以同時身在兩地，他們可以完全的不受時空阻撓，隨時出現在我們各自的眼前的。」

「所以，天使可以同時身在兩地，是嗎？」

「是的，天使總是能夠身在兩地。」

「好的，這樣我就知道了，亞茲別。」

「永遠不要覺得害怕。如果你覺得恐懼，就大聲地呼喊天使出來。」

「好的。再見，亞茲別！」

「再見，我的愛！」

散步的夢

書簡 9

昨夜我作了一個奇怪的夢，是你竟然站立在我公寓的門口，輕盈地按響了門鈴，然後帶著頑皮的表情，說：「surprise!」我對於你的突然出現，以及居然用英文對我說話，都覺得驚訝也難以置信。尤其，我清楚記得你已然離去這個世界的事實，卻不好意思開口質問這件難堪的問題，怕如果一戳穿這樣的真相後，你會像一個七彩的泡沫，瞬間從眼前消失去。

你似乎看出我錯愕難言的表情，就帶著安慰的語氣說：「我正好經過這裡，想說好久沒有和你聊天了，就有點冒昧的……就有點冒昧的直接來敲你的門，看看你是不是也正好沒事，可以坐下來一起聊聊天？」

是的，在我們所有交往的經驗裡，靜坐在你過往家裡的簡單擺置的客廳，和你平淡地交換各種自由來去的話語，應該是我記憶中最是頻繁出現的景象。我也知道你生來就是愛思考也少語的人，雖然有時你會在群聚飲樂時，像一個負責帶頭的孩子王，那樣忽然主動地吆喝起來，意圖引領起大家的歡樂興致，有如一位兼差的喜劇表演者，既是談笑風生也手舞足蹈，希望能讓人人暢性也歡快。

但是，我也注意到一件事，就是無論如何身先士卒又說又演，你的冷靜與自持一直沒有消失，而且總能在歡樂哄鬧結束時，立刻就回復到原本安靜姿態的無聲離去，就一如你本來愛思考也少語的孤獨模樣，完全不會受到一夜歡樂影響。你那樣表情平淡以及無求於人的獨坐習性，其實已然有著僧者的身姿，也是我對你最恆常的留存印象。外界認知你逢場作戲般的瘋言瘋語，或是不近人情冷漠拒絕一切的言行方式，其實都是你在應對這個世界時，必要用來武裝自己的面具，而非你最自在自如的從容平常神情。

我幾乎記不起我們這樣無數次對談的內容，可能就是無因由的起頭說話，並且讓一切都如雲朵般流動來去，通常結束時也沒什麼具體結語。好像就一起對坐在屋廊下，望著院子突然驟雨襲來，沒有交換什麼話語，就是等待著這樣一陣大雨的停歇，然後身體覺得有些清涼、意識有些洗滌乾淨，那樣相互起身告別離去。

因此，再一次忽然面對著站立在門口的你，我其實十足的緊張不安，畢竟我們已經相隔時空久遠，我完全沒有把握能否回到過去那樣自在的交流狀態。

所以只是問著：「你是說……你就是想要坐下來一起聊聊天，你是說就是像以前那樣子的嗎？」

「對啊。」你輕鬆地回答著。

然後，你自在走入我的公寓，挑了窗邊的紅色沙發坐下來，你削瘦的頭顱與遠處起伏的山巒，有趣地相互融合一體，像是一隻兀自橫陳著休息的怪獸。我為你斟上一杯紅酒，想到彼時兩人金錢都吃緊時，經常只能挑選比較廉價的紅酒，小心節約一起省著來喝，現在我終於可以付得起比較好一些的選擇。

我說：「這支酒是我最近比較常喝的，你試試看口味合不合？」

你用瘦瘠幾乎見骨的手，緩慢執起酒杯，啜飲一口說：

「啊，真好真好。好久沒有喝到紅酒了，真好！」

我依舊不知道如何啟開後面接續的話語，就說：

「剛才開門見到你站在那裡，其實那瞬間我以為我是在作夢呢！」

「哈哈，究竟是不是夢，其實並不重要的。何況，我的一生根本就是一個長長的夢，我只是把它切成一段一段，慢慢地去分開作夢而已。」

「所以，你這一生所有被你切分開的夢境，都是透過你一次一次的書寫，這樣陸續拼湊完成的嗎？」

「對啊。」

「如果真的只是為了作自己的夢，其實就可以不用管別人的歡喜好惡了。那你這樣長時認真的逐日書寫，難道沒有特別想要給誰來看的嗎？」

「哈哈，我的書被很多人批評，應該根本都沒有人會想要看的。你說一切不就是這樣的，沒錯吧？」

「我並不是這樣的意思的。我只是想知道究竟是什麼樣的讀者，才會是你真正想要去傾訴你的夢境的呢？」

「我也不知道。是不是就是像你這樣的人吧？」

「其實我有一種感覺，似乎你才是你自己真正想傾訴的唯一對象？」

「有可能的，但這也是自然而然的結果吧。」

「所以，你對人生失望嗎？」

「我不知道，也許有一些。但是，其實我對現實發生的一切，算是更加的失望吧！」

「那你是何時開始對現實失望的呢？」

「我不知道，可能是從我的童年就開始了。」

「是因為你的父親在現實人生裡，所遭遇的種種挫敗與羞辱，那時就辜負了你對生命的美好期待嗎？」

「有可能。但是，我現在完全沒有責怪他的意思了。」

「為何你現在不責怪他了呢？」

「每個人的生命最後結果，也只能夠由自己負責的。我完全不能責怪他，畢竟那就是他自己選擇走過的生命。」

「你父親是怎樣的一個人呢？」

「他就是一個不但被命運挫折的男人，也是一個被自己徹底打敗的男人。我比較覺得惋惜的，是他選擇讓自己長期沉溺在悲劇般的哀嘆狀態裡，因此也導致跟隨著他過生活的一家人，不得不一起沉淪在不幸的每日生活裡。」

「但是，他似乎一早就對你有些特別的期待？」

「對的。他很早就見出我的某些特質，那是他曾經擁有也被讚許的品質，他應該很高興看見我似乎承繼了他的這些可能。」

「可是你們似乎很疏遠？」

「那也是沒有辦法的，他就是那種沒有辦法表達自己內在感情的男人。」

「你應該也有蓄意的疏遠他吧？畢竟，你自小就見出來他的懦弱與退怯。他因此還導致你母親的長時受苦，以及你妹妹不得不的終於必須送養給他人，你那時甚至想承擔起來這些家人苦痛命運的責任，可是你其實完全沒有能力去辦到什麼，也不能夠真的去做出什麼，就只能眼睜睜地看著這一切發生來。」

「嗯，應該就是這樣的吧。」

我記得我們那次一起回去你家鄉小鎮，你完全沒有帶我去到你童年記憶的任何場景，彷彿你已然將此刻時空下的小鎮，與你心中留存的童年記憶，全然切離斷開了。我終於表示希望去看到那座你小說裡提到的黑橋，那是透過你與自己的童年靈魂邁叟的散步同行，不斷在零碎的童時記憶與現實景況間，穿梭來去的自我輕鬆對話，同時也藉此對你的過往人生，自己再次重做瞻顧對語，看似輕鬆悠閒的虛構敘述，其實也滿是感傷躊躇的優美文學。

不知為何，我從最早一讀到這篇小說的那一刻起，黑橋就以著奇異也獨特的形貌，深刻地留存在我的腦海裡，有如我自己記憶那般牢固地迴繞存有著。而且，你與邁叟這樣輕鬆如老友般的相互約定去散步，恰恰有如一首記憶老歌的熟悉旋律，無端就在我腦中忽然自動播放起來。

我讀著：

於是我和邁叟約定好，我最好傾聽他漫談記憶中的人事，關於現世呈現的一切，我不和他作辯。……所以像現在我有好心情攜他出來散步，他那積壓的委屈的抱怨便整個排向我來，如果我不還就他，深恐他會憤而告離，黑橋便去不成，到那種地步，我自己就不知如何是好，只好半途而廢，折返回家。我心裡明白：沒有邁叟就沒有黑橋。

我後來忽然有機會去到中美洲駐村三個月，終於又回來台北時，我興奮地給你看我剛完成的長篇小說初稿，你完全沒有任何的評論或修改建議，你看完就只是告訴我，說你私下已經決定為我的這個小說，重新取了個有白橋在內的名字。我十分詫異你這樣的決定，更是驚喜地意識到白橋與黑橋有著遙相對語的關係，尤其開心自己的這本小說，能夠與一直仰慕著的你的那篇黑橋作品，這樣近乎平起平坐的攜手牽連著。

那趟與你一起回鄉的旅程裡，當我們終於同往鎮外黑橋的路途中，你忽然注意到一個隱身在山坡竹林裡的平凡農舍合院，立刻呼喚並停住馳行的汽車。我們慢慢走上泥土的路徑，你告訴我在幼年曾因戰爭空襲的緣故，你父親決定攜著一家人，在某個夏天躲避到一個農家的屋子。你憑靠著一絲殘存的記憶，竟然意識到這間夾在林木間的屋宇，可能正是與自己的記憶有著生命的連結。而且，對於這段記憶的敘述過程，你充滿著無憂的喜悅，彷彿那一段戰爭避難的時光，就是無止盡的果樹與溪澗的遊戲，也是你對於家庭可以幸福與和樂，極端少有的正面記憶描述。

然後，你立在合院的牆外不再前行，就安靜注視著這座低矮的紅磚房子，彷彿在尋找什麼記憶的模糊線索。這時出現了一隻黑狗，就在院落裡面的不遠距離外，發出警戒般的低聲哼嗚，隨後引出一個老婦人探頭觀視。你迅速走去與她交換言語，有禮地詢問一些你記憶裡的人與事，老婦人帶笑著有時搖頭、有時也點著頭，然後你就道謝離開了。

隨後的路程你意外的沉默，我猜想你是不是進入自我記憶的時空，便同樣也靜聲不去打擾你。終於到達那個傳說中的黑橋時，最先露出驚訝與失望神色的，竟然是從來沒有見過黑橋的我。我不斷地問著：「可是，這並不是黑橋啊，這就是一座水泥色的石板橋啊？」以及，繼續反覆地說：「這根本也不是小溪或河流啊，這只是一個灌溉水田的水溝渠道啊！」

你完全沒有說什麼，就只是繼續往前走到鄰近的釣蝦池邊，望著那幾座被挖出來的養殖池子，喃喃說著：「原來如此啊，那些水塘原來都挖成了養殖蝦的水池了，現在都挖成這些水池了，原來就是如此啊。」

我想起來你在小說中所敘述的情景，那個小說中的我和童年的靈魂邂逅，看見黑橋終於在散步終點顯現時，有著同樣失望與不能接受的心情。他們兩人透過黑橋的是否存在，爭辯著記憶與現實的真偽關係。那時，我彷彿可以聽見你高亢的聲音自暗處傳來，反覆堅持說著：「記憶本就不可以讓現實來任意竄改，記憶才是那永恆的迴盪弦音，現實只是雨點般的短暫鼓聲啊。」

我讀著：

我拋掉了竹棍後，沒有我想像的那麼遠，走下坡道，在土丘的轉彎處見到了橋。我快速地跑上土丘去觀望，在灰暗的黃昏中，邁叟說：

「黑橋，那就是黑橋！」

我鎮靜且頗不以為然的說：

「但那是一座灰白的水泥橋呀。」

此時邁叟十足小孩似的坐在土丘上，熱淚奔流慟泣而傷感地說：

「是真的黑橋——」

天色在急速昏暗中，一條兩邊有綠草而中間白土的道路，在過橋的那一邊，微彎地通到一座竹林為屏的紅瓦紅磚的農莊；那必定是呂家農莊的屋舍。

那座橋把河水經過形成的深的斷痕的兩邊接通了。

看到這景象，我不再和邁叟爭辯是灰橋是黑橋，是木橋是水泥橋；真理在時間中存在，所以我讓邁叟盡情地去號哭慟泣罷。

我彷彿能夠感覺到在我眼前的你，此刻的心底也正隨著幼小邁叟的慟泣，發出來同樣哀傷的號哭聲音。我有些不知所措，就隨口問著：

「你總是喜愛這樣一人的散步，是吧？」

「是的，我喜歡散步。尤其，伴隨著單獨一人的行走時，思想的迅速飄移轉換，我會覺得好像得以自由自在的思想與作夢。」

「那麼，這樣四周的自然景象，會開始和你溝通或說話嗎？」

「哈哈，有時候真是會的。而且，我相信如果懂得認真去聆聽，其實就會有機會慢慢長成大自然希望我們成為的本來樣子。」

「你是說就可以長得像一棵大樹那樣嗎？」

「是的，就像一棵美麗又自信的大樹那樣。」

「那你自己呢？你現在有長成大自然對你期待的樣子嗎？」

「我真的不知道呢。但是，有時看見某些大自然的美妙景色，確實會讓我覺得又像是重新誕生一次的那樣感動著。」

「這是不是就像你的有些繪畫裡，所蓄意描繪的那種類似神祕天啟的奇特現象嗎？」

「我有時確實覺得我真的看到了天使在林間的平靜降臨。」

「有時候，我特別會覺得你在繪畫中的心情，似乎比在小說中的你，顯得要快樂平靜許多呢。」

「你可能是在比較著處於不同生命階段的我吧！」

「無論如何，僅僅是看著你的繪畫，會讓我感覺到所謂昇華與自我救贖，其實依舊是還有可能的。」

「那麼，你是比較喜歡我的繪畫嗎？難道你對我的小說失望了嗎？」

「我當然永遠會更愛惜你的小說。畢竟，那是在我還不到二十歲的時候，就開始認真閱讀的，我已經無法把自己的生命和你的小說分離開來。」

「所以，你因此沒有那麼喜歡我的繪畫？」

「我也很喜歡你的繪畫，甚至會羞愧地暗自承認，我有時其實更會被你的畫作，所深深的感動著呢！」

「為什麼呢？」

「就是，你的小說還是一直環繞著存在現實中的人們的生活，尤其會藉此注視著你的內心狀態，並讓其中所顯露的鬱結與困境，一直有如惡夢般地迴繞不去，使人完全覺得沉鬱也無出路。但是你的繪畫完全不同，那是對你所摯愛也熟悉的大自然，真誠發出來的頌歌與禮讚，再透過你直率也自信的優美捕捉呈現，讓人彷彿能夠感覺到你的內在心靈與自然宇宙之間，有如嬰兒與母親般孺慕相親的關係。」

「是的，我衷心但願自然就是我的母親。」

「那你會願意把你的一生，都奉獻給大自然嗎？」

「我當然願意的，但是並沒有這麼容易啊。你要知道大自然所呈現出來的永恆與幸福，並不是單獨為我們人類在做安排的。我只能把自然當成我生命的啟發源處，並且時時提醒自己要認真地回到在看見每一個不同的自然景象時，那最初啟始的真誠感動的反應狀態，並學習從那裡重新開始我每一次的思考。」

你說完這一段話之後，就站起來說你必須要走了。我問你再來要去哪裡？你說清明節馬上就要到了，你該去看看你父母的墳墓，我問你說他們的墳墓是在哪裡呢？你顯得詫異的略略遲疑一下，彷彿真的忽然忘記了似的，然後沒有多說什麼，就自己開門走了出去。

我預感到我們從此就不會再相見了，急忙地喚住你。你回頭疑問望著我，等待著我究竟要說些什麼。我其實不知道該說些什麼，就喃喃說著：「我真想能夠和你再一起去散步一次啊！」

你笑著說：「會的會的，我們就相約在你的下個夢中一起散步吧！」

我又問著；「可是……亞茲別，你為何如此的不快樂呢？」

你說：「那就是我的個性與本質吧。」

我問著：「你會不會因此覺得遺憾，或是認為你的個性與本質，有耽誤你的人生了嗎？」

你說：「當然不會。個性就是個性，本質就是本質，我其實也不能干預什麼的啊。」

我記起來曾經一次我開車伴你回去老家掃墓，那時好像已經過了清明節，我們花了一番功夫，才在緩斜山坡以及凌亂交織的墳墓群裡，找到了顯得平常無奇的墓地。那個被圓弧矮牆圈圍出來的墓地，看起來像是有人才剛清理過，你因此沒有特別的事情要做，就指著墓碑上的文字，告訴我你祖先可能的最早源處。然後在正要離開的時候，你忽然就點起了一根菸，自己望著遠處的慢慢吐著煙，我就立在一旁等你把菸抽完，兩人隨後就繼續踏踩過去其他人的凌亂墓地，走下去我們的車子裡。

這個奇怪有如夢境的返鄉掃墓影像，我一直牢牢記得不能忘卻。也總是會讓我又一次想起來，你所寫過那一句如此真實又虛幻的文字，彷彿我再次見到你立在我眼前抽著菸，海風和成排的木麻黃防風林，在你眼前一一顯現。你就兀自看著什麼遠處的不明事物，露出有點憂心著什麼、又有點沉著篤定的深思模樣，就是你那樣總是彷彿欲言又止的表情，然後隨著一圈圈吐向空無的煙霧，你逐漸消失在我的眼前。

海風越過木麻黃防風林的樹梢直抵山嶺。他在那些雜亂的坟塚之間轉來轉去。

昨夜這個奇怪的夢，也就這樣匆匆結束掉。我讓自己繼續躺著醒著，完全不想要起床來，我希望這個夢境因此可以盤旋久一點，好像過往我們謹慎節約地共飲著一瓶紅酒，深怕這一切美好太快就終結去。後來，我還是慢慢地爬身起來，坐入我的小書桌前，打開電腦的文字檔案，我決定要把這一切記下來，像是為我們釀製一瓶可以未來共享的紅酒。然後，我會把這些文字都印出來，裝好信封再郵寄出去給你，就像你最早每次讀我的小說一樣，就是當你一收到我的郵寄信件時，就會先給我一個電話，告訴我已經收到小說，你會明早起床就來讀，你說早上腦袋比較清楚，讀小說比較適合，然後你會再告訴我讀完後你的想法。

是的，就是這樣的流程沒有錯，先列印出來再郵寄出去，然後等你的電話響起來，期待你對我小說的閱讀看法。或是，你會選擇像是昨夜的夢中一樣，直接過來敲響我的門鈴，帶著一樣頑皮害羞的表情，對我說：「surprise……」，然後開心坐著一起同喝我們都喜歡的紅酒呢？

國家圖書館出版品預行編目資料

一紙相思 / 阮慶岳著 .
一初版 . - 臺北市 : 聯合文學 , 2022.3
216 面 ; 14.8×21 公分 . --（聯合文叢 ; 697）

ISBN 978-986-323-442-5（平裝）

863.57　　111002407

聯合文叢 697

一紙相思

作　　者／阮慶岳
發 行 人／張寶琴

總 編 輯／周昭翡
主　　編／蕭仁豪
資深編輯／尹蓓芳
編　　輯／林劭璜
封面設計／廖　韡
資深美編／戴榮芝
業務部總經理／李文吉
發行助理／林昇儒
財 務 部／趙玉瑩　韋秀英
人事行政組／李懷瑩
版權管理／蕭仁豪

法律顧問／理律法律事務所
陳長文律師、蔣大中律師

出 版 者／聯合文學出版社股份有限公司
地　　址／(110)臺北市基隆路一段 178 號 10 樓
電　　話／(02)27666759 轉 5107
傳　　真／(02)27567914
郵撥帳號／ 17623526 聯合文學出版社股份有限公司
登 記 證／行政院新聞局局版臺業字第 6109 號
網　　址／http://unitas.udngroup.com.tw
E-mail:unitas@udngroup.com.tw

印 刷 廠／鴻霖印刷傳媒事業有限公司
總 經 銷／聯合發行股份有限公司
地　　址／(231)新北市新店區寶橋路235巷6弄6號2樓
電　　話／(02)29178022

出版日期／ 2022 年 3 月　初版
定　　價／ 350 元

ISBN 978-986-323-442-5（平裝）